あらわになった鋭い目元に魅入られ、貴志は指一本動かせなかった。

「俺は、篠原亮司だ」

「……なに冗談言ってるんだ。そんなの、嘘だろ」

illustration by
CHIHARU NARA

ダークフェイス～閉《と》じ込《こ》められた素顔《すがお》（上）～

秀 香穂里
KAORI SHU

イラスト
奈良千春
CHIHARU NARA

Lovers Label

CONTENTS

✦本作品の内容は全てフィクションです。
実在の人物、団体、事件などにはいっさい関係ありません。

「……なんでこんなに暇《ひま》なんだか」

貴志誠一《きしせいいち》にとって、日常のすべてが膿《う》んでいた。

輝かしい未来に向かって邁進《まいしん》していた二週間前までの出来事が、もうずいぶん昔のことのように思える。

日々めまぐるしくニュースが持ち上がる活気に満ちた社会部から、他愛ない日常の出来事や購読者の声を取り上げる文芸部へと移ってきて、貴志はやる気というものをまったく失っていた。

こんなにつまらない、時が止まったような日々がこれからも続くなら、いっそこの新聞社を辞《や》めてしまったほうがいいのではないかと毎朝起きるたびに思う。

五月のまぶしい陽射しが、きらきらとデスクを照らしている。だが、貴志はうんざりした気分でデスクを眺《なが》め、眼鏡《めがね》を押し上げながらため息をついた。ついさっき仕上げた読者投稿欄《どくしゃとうこうらん》の原稿を一瞥《いちべつ》し、鼻で笑った。

「バカバカしい。こんなもの、どうだっていいのに。読者の日常がなんだっていうんだ」

皮肉《ひにく》混じりの呟《つぶや》きを聞き咎《とが》める者はいない。

貴志が座るデスクを含めた文芸部は大きなフロアの片隅《かたすみ》にあり、他部署の人間も用らしい用がないかぎり立ち寄らない。

二週間前まで社内中の人間が声をかけてきたのに、いまでは腫《は》れ物《もの》に触るような顔で貴志の顔を見てそっと目を伏せて通り過ぎていく始末だ。

読者投稿欄の記事作成というのが文芸部での貴志に与えられた役割だったが、そんなぬるい仕事などやっていられるか。

二週間前までの胸躍《むねおど》る喧噪《けんそう》を思い出して再びため息をつき、席を立った。このまま座っていても時間が無駄《むだ》に過ぎていくだけだ。

重苦しい気分から逃れたくて、貴志は近くの同僚に、「ちょっと外に出てきます」と言い残してフロアをあとにした。

東京に本社を置く大手新聞社のひとつ、「明朝新聞《みょうちょうしんぶん》」の社会部デスク、というのが二週間前までの貴志の肩書きだった。

ベテラン勢を抑《おさ》え、三十歳の若さで社会部デスクの座に就くのは異例中の異例だ。

入社以来、政治部から社会部と花形の部署を渡り歩いてきた貴志自身、まさにこれから腕を存分にふるおうと意気込んでいた矢先に、以前所属《しょぞく》していた政治部の直属上司がとある政治家と不正に関わっていたと発覚した。

政治家のスキャンダルをもみ消すかわりに金品を受け取っていたという不祥事《ふしょうじ》はただちに社内に知れ渡り、当時の部下であった貴志にも追及の手が及んだ。

「私は一切関わっていません」

社内に設けられた調査委員会に詰問《きつもん》されるたび、貴志は関与《かんよ》を頑《かたく》なに否定した。上司が清廉《せいれん》潔白《けっぱく》な人物だった、などとかばうつもりはない。

政治部のトップとして長いこと君臨《くんりん》していただけに、上司には、相応の黒い噂《うわさ》がついて回っている。

だが、貴志はうまいことトラブルを避《さ》け、自分なりの出世街道を突き進んできたのだ。

「だが、彼の言い分では、貴志くんが部下だった頃に政治家への接待を率先してセッティングしたと聞いている。ときには、上司抜きで、きみと政治家とふたりきりで会っていたという話も出ている」

「そんなのはまったくのでたらめだ。彼は私に責任をなすりつけて、罪《つみ》を軽くしようと考えているんじゃないですか？」

「しかしね、実際、きみの名前で切った領収書《りょうしゅうしょ》や、接待先の店できみを見かけたという証言も出てるんだ。これでも言い逃れができるか？」

調査委員会の長を務める法務部の部長の厳《きび》しい言葉に、――やられた、巻き込まれたんだと肩を落とした。

元・上司は自分の罪を少しでも軽くするために、貴志も不正に関わっていたのだと嘘《うそ》をでっち上げたのだろう。

古い縦社会の空気が色濃く残る新聞社では、上司の言うことは絶対だ。

それまで前途洋々《ぜんとようよう》だった貴志はいわれない罪を食らってあっという間に表舞台から引きずり下ろされ、薄暗い文芸部に異動させられた。

一時は、地方局に飛ばすかという話も出たらしいが、問題が根深いだけに、貴志が地方局で万が一反旗《はんき》を翻《ひるがえ》したらますます厄介《やっかい》だということで、調査委員会の目が行き届く本社勤務を続けさせられることになった。

渦中《かちゅう》の人物である上司も、本社内で一番目立たない整理部に押し込まれた。

ある日突然、栄光の座から転落してしまったのに、表向きは変わらず、東京本社へと出勤する。それが貴志にとってたまらない屈辱《くつじょく》だった。

ついこのあいだまでは親しげに話しかけてきた同僚も、スピード出世を果たした貴志に憧《あこが》れた後輩も、いまでは気まずそうに目も合わさない。

――生殺しってこういうことを言うのか。

物心ついた頃から秀才だのなんだのと親はもちろん周囲からも褒《ほ》めそやされてきたが、貴志は現状に甘んじることなく、人並み以上の努力を続けてきた。

肩書きだけのエリートなんていらない。

ゆくゆくは新聞社の中枢《ちゅうすう》にまで駆け上がると自分にハッパをかけ、新人時代は夜討《ようう》ち朝駆《あさが》けも厭《いと》わず、警察も根負けするほどの地道な聞き込みもやってきた。

確かな実績を積み上げてとんとん拍子に出世を果たした自分に、敵がいないとは言えない。『そこまでガツガツやるかよ』『お偉方《えらがた》に取り入ってんだろうよ』などという陰口《かげぐち》は腐《くさ》るほど聞いたが、会社という大勢の人間が集まる場所にいて、上昇志向を持たない奴のほうが貴志にとっては信じられなかった。

――勝ち抜くために才能を磨《みが》き、生き残ることが仕事のおもしろさなのに。

「そう思っていたのも二週間前までだったな……」

今もまだ社会部に未練がある自分が情けなくて苦笑いし、一階のフロアをのんびり歩いていると、きびきびとした足取りの男が社外から戻ってくるのが見え、貴志はハッと顔を強張《こわば》らせた。

「よう、貴志じゃないか。こんな昼間からのんきに散歩か？　いいご身分だな」

百七十五センチ前後の貴志よりもやや高い長身の男は、浅川《あさかわ》という。

浅黒い肌に精悍《せいかん》な容貌《ようぼう》の浅川は学生時代に世界中を旅し、危険地域の取材を武器にした貴志の同期だ。

一時は特派員として中東の危険区域の取材を担当していたが、一年前、本社に戻り、二週間前に貴志が社会部から追い出されたのと入れ替わりに彼がデスクに就いた。

豪放磊落《ごうほうらいらく》な浅川とは、入社当時からまったくそりが合わなかった。

懐《ふところ》が深く、誰にでもなつっこい笑みを見せる浅川を慕《した》う者は多いが、その裏でさまざまな暗躍《あんやく》をしていることを貴志は知っている。

――今回の一件だって、こいつが関わってたんじゃないのか。

内心の思いを押し隠し、貴志は黙って通り過ぎようとした。

「せっかくデスクまで勝ち取ってきたのになぁ。おまえ自身はよくやったかもしれねえけど、上司に恵まれなかったってのが運の尽きだったな」

あとを追いかけてくる浅川の痛烈《つうれつ》な皮肉《ひにく》に、歯を食いしばるのがやっとだった。

情けない顔も怒る顔も、浅川の前だけではさらしたくなかった。


澱《よど》んだ毎日が変わらず続いた。

文芸部に所属して三週間経った頃、そろそろ辞職願《じしょくねがい》を出すべきかと考えながら、貴志は自席でその日の朝刊に目を通していた。

今ではもう自分が触れられない範囲の記事だとわかっていても、一面からじっくり目を通してしまうのは、新聞記者の性《さが》だ。

世界情勢を知り、株価の動きや各種スポーツの結果を知れるうえに多種多様な事件まで扱《あつか》う新聞という読み物が、貴志は幼い頃から好きだった。

毎日どこかしらで事件が起こっていることを新聞は日々、新鮮に、かつ根気よく伝え続けてくれる読み物だ。

いずれは自分も一流の新聞記者に——という強い憧れが実現したものの、まさか三十歳の若さでその道が閉ざされるとは思っていなかった。

しかも自分のミスならまだ納得いくかもしれないが、上司の不正の尻《しり》ぬぐいをさせられたという屈辱はなかなか消えない。

暗澹《あんたん》たる思いで社会面を読み通したところで、ふいに片隅《かたすみ》のベタ記事に引かれてもう一度読み直した。

「港区白金台で殺人事件か……。珍しいな、あんな高級住宅地で人殺しがあったらもっと派手に取り上げられてもおかしくないのに」

白金台に住む篠原《しのはら》という家で、二人が殺されたらしい。

被害者《ひがいしゃ》は訪問診察《ほうもんしんさつ》で来ていた男性医師とその助手である男性ということだった。容疑者《ようぎしゃ》は不明で、現在警察が捜索中《そうさくちゅう》、とあっさりまとめられた記事に、貴志は違和感を覚えた。

記者ならではの勘《かん》とでもいうのだろうか。事件の概要《がいよう》がわかっていない場合は、こうした簡《かん》素《そ》な書き方をする。

だが、今回の事件は少し違う気がした。

白金台という誰もが知る富裕層《ふゆうそう》が住む場所で発生しただけに、なんらかの圧力がかかり、ぎりぎりの範囲でしか伝えられなかったのではないだろうか。

政治部や社会部にいた頃は、ときおり、上からの圧力を感じたものだ。

真実を伝えるのが報道の役目だと貴志は自分に誓《ちか》っていたが、日本の情勢はもちろん、政財界や芸能界、どの業界でも大物に関わる不祥事が起きると、ありのままを伝えることができずに、現実をやや曖昧《あいまい》にしたり、ひどいときは無視を決め込むときもある。

日本ならではは隠蔽《いんぺい》体質に貴志もうんざりさせられたことが何度かあったが、事実を事実として正直に伝えてしまったら国中がパニックに陥《おちい》る事件もある。

他社に先駆けてスクープを狙《ねら》うのも新聞記者の役目だが、すでに握っている情報をいつ、どのタイミングで明かしていくかというのも大事だ。

新聞の片隅で語られる程度の些細《ささい》な殺人事件なのだろう。そう自分に言い聞かせたが、繰り返し繰り返し記事を読んでいるうちに、むくむくと好奇心《こうきしん》が頭をもたげてくる。

――ちょっと探ってみるか、どうせ暇《ひま》な身体だ。

社会部にいた頃は寝る暇もなかったほど多忙《たぼう》だったが、文芸部に来たとたん、時間を持て余すようになってしまった。

日がな一日、社内にいると息苦しくてたまらない。

これから先どうするのかとか、同僚や後輩の気《き》の毒《どく》そうで冷ややかな視線のことを思い出して胃が痛くなるぐらいなら、外に出たほうがいい。

昼過ぎに、貴志は港区の高輪《たかなわ》警察署に向かった。高輪警察は管轄《かんかつ》区域に白金台が入っている。あの殺人事件を扱っている刑事から少しでも話が聞ければ、と思ったのだ。

社会部時代に数多くの事件とつき合ったせいで、貴志は力のある刑事の数人と強い繋《つな》がりを持っていた。だが、高輪警察に直接関わる刑事で親しい者はいない。

――とりあえず、体当たりしてみるか。

高輪警察の受付で名刺を見せると、対応してくれた年かさの婦警《ふけい》は慣れた顔つきで、「どういうご用件でしょうか」と言った。

「白金台の殺人事件についてお聞きしたくて。担当刑事はどなたですか」

「白金台？　あれは……」

とたんに口を濁《にご》した婦警が助けを求めるようにあたりを見回し、すぐに、「あ、あの者に聞いてください」と言った。

彼女の視線の先に、いまちょうど外から戻ってきたばかりらしい刑事が立っていた。

「担当の白井《しらい》です」

初めて見る顔だ。四十半ばぐらいだろうか。

長身で削《そ》げた頬《ほお》の白井刑事は笑顔ひとつ見せずに挨拶《あいさつ》する。

「突然お訪ねしてすみません。事件のことについてお聞きしたいんですが……」

「あの件について必要な情報はすでに出しています」

「ですが、どんな方法で殺害されたか書かれていませんよね。それに被害者の名前も年齢も公表されていませんでした」

「貴志さんでしたか。あなたの肩書きは明朝新聞の文芸部となっていますね。そういう方はこういう事件に首を突っ込む必要はないと思います」

痛いところを突かれたが、そこでおめおめと引き下がっていたら話にならない。

渡した名刺を適当に手の中で丸めていまにも立ち去りそうな白井を、「待ってください」と追いかけた。

「伏せなきゃいけない事実があるんですか？　被害者宅の篠原さんと殺害された二人には深い関わりがあるんですか？」

「こちらからはなにも申し上げられません」

「そうですか、と引き下がるわけにもいきません。いまは確かにワケあって文芸部所属ですが、社会部や政治部にも仲間がいます。彼らをつついてネタを引き出すという手もありますが、そういう形で出るネタはあなたがた警察にとって結構厄介なものになることが多いですよ」

「嫌な言い方をしますね」

「本当のことを言ってるだけです」

「――こんなところでなにをしているんだ？」

唐突に割り込んできた冷ややかな声に、迷惑そうな顔の白井がハッと振り返った。

「すみません、篠原警視《けいし》。新聞記者がいきなり来て……」

それまでとはうって変わり、緊張《きんちょう》を孕《はら》んだ白井の目線の先に、紺地《こんじ》のスーツに身を包んだ長身の男が立っていた。

綺麗《きれい》に撫《な》でつけた髪や真っ白なワイシャツだけを見るなら、どこかのエリートサラリーマンかと思うだろうが、眼光《がんこう》が鋭《するど》すぎる。

メタルフレームの眼鏡《めがね》が男の冷たく整った相貌《そうぼう》をさらに極めているようだ。

篠原という男の全身から発せられる圧力が、白井とはまるで違う。

パッと見たところ、自分と年が近そうだと判断したが、軽々しく声をかけられるような男じゃない。

同い年で警視という階級ならば、キャリア組の中でもエリート中のエリートだ。一度も試験をミスしたことはないのだろう。

厳しい視線が、まるでスキャニングのように、頭のてっぺんから足の爪先《つまさき》までゆっくり下りていく。

こんなに感情のない視線を受け止めるのは初めてで、さしもの貴志もなにも言えず立ち尽くしていた。

眼鏡の奥の冷ややかな視線が再びさっと上がり、真っ向から貴志を射抜《いぬ》いてきた。

「篠原です。なにかご用ですか」

低く艶《つや》のある声にも感情というものが感じられない。

警視という肩書きにふさわしい威圧感《いあつかん》に貴志は固唾《かたず》を呑《の》んだ。年かさの白井の存在感もそれなりにあったが、篠原がまとう鉄のオーラの前では完全にくすんでしまう。

今回の事件の舞台となった篠原家と、目の前にいる篠原にはなにか関係があるのか。聞いてみたいところだが、簡単に突破できるような雰囲気《ふんいき》ではない。

警視庁《けいしちょう》の人間がここにいるということは、やはり白金台の事件にはなにかまだ隠されていることがあるのかもしれない。

素早く推理《すいり》しながら、冷徹《れいてつ》な視線を弾《はじ》くように貴志は心もち顎《あご》を軽く上げ、名刺を渡しながら身元を名乗った。

そう簡単に引き下がるか、という意志を示したつもりだ。

「——白金台の殺人事件について、どうしてもお聞きしたいことがあって……」

「お話することはなにもありません」

切って捨てた篠原の表情がまるで動かないことに頭に血が上りそうだが、なんとか堪《こら》えた。

醒《さ》めた対応は、一介《いっかい》の刑事である白井とはまるで違う。

篠原がちらっと視線を投げたことで、白井は畏縮《いしゅく》したように一礼し、そそくさと立ち去った。

やはり、篠原がこの事件の責任者なのだと判断し、貴志は思いきって斬《き》り込《こ》んだ。

「なにもないわけがないでしょう。白金台の一帯は著名人《ちょめいじん》が多く住んでいることで有名です。警察側のパトロールも他の地域よりずっと多いはずですが。そんな場所で殺人が起こっているのに、ベタ記事ですまされるほうがおかしい」

「ベタ記事ですませたのは、あなたたち新聞社の判断でしょう。それとも、私たちが情報を隠《いん》匿《とく》しているとでも？」

眼鏡を押し上げ、篠原がかすかにくちびるの端《はし》を吊《つ》り上《あ》げる。

それが彼の笑い方のようだ。

意識して他人を見下しているというのではなく、生まれつき裕福な暮らしを享受《きょうじゅ》してきたのだろう。

普通の家に生まれ育ってきた自分とはまったく違う品格と突き破れない壁のようなものを感じる。

「――重要な情報を隠してるんじゃないですか？　マスコミにばれたら絶対に困る情報があるから、わざわざ警視庁から警視であるあなたが所轄にまで足を運んでいるんじゃないですか」

「疑うのがお得意のようですね」

「それが新聞社の仕事です。あなたがた警察だってそうでしょう。すべて、疑うことから始まるんじゃないですか」

「私がここにいることと、重要な情報を隠していることと、なんの結びつきがありますか？確かにこの一帯で殺人事件が起きるのは珍《めずら》しい。富裕層が住む地域ですから、私たち警察としても、一応きちんと片付ける必要があるだけの話ですよ。だから、私がここにいる。それだけの話です」

一見筋が通っているようでいて、よくよく考えてみるとこっちの質問をうまくはぐらかしている篠原に、「ですが」と詰め寄った。近付くと、うっすらといい香りがする。

生真面目な印象の男らしく、爽《さわ》やかで清潔感《せいけつかん》のある香りだ。

フレグランスではなく、微香性のボディシャンプーかなにかを使っているのだろう。現場を駆けずり回るのが使命の汗くさい刑事とはまるで違う。

身長差がわずかにある篠原を見上げ、貴志は粘《ねば》った。

「いまのお話には矛盾《むじゅん》がありませんか？」

「どんな矛盾ですか」

「富裕層が住む地域での殺人事件が珍しいとおっしゃいましたね」

「言いました。そのとおりでしょう」

「被害者、その関係者の身元や殺害方法を明らかにされていないのは、その富裕層のどこかから圧力がかかっているんじゃありませんか？　もしくは、被害者自身が著名人に関わっているとか」

言い切った瞬間、それまで鉄面皮《てつめんぴ》だった篠原がふっと眉《まゆ》を曇《くも》らせた。

一瞬の隙《すき》を突いたのだとわかり、貴志はさらに詰め寄った。

「図星のようですね。重要人物がコロシに関わってるから、本庁のあなたがやってきたんでしょう。ウチの社会部が書いた記事ですら、焦点《しょうてん》がぼやけていました。普段だったら絶対にそんなことはないはずだ」

他社よりさらに鋭く突っ込んだ記事を書く姿勢に憧れ、貴志は明朝新聞への入社を幼い頃から切望し続けてきたのだ。

「……憶測《おくそく》でモノを言うのはやめませんか？」

一息ついて余裕を取り戻したらしい篠原が冷笑混じりに言う。

「あなたは明朝新聞の文芸部記者でしょう。社会部の事情には関係ないのでは？　私が直接あなたの社へ電話をかけて、『迷惑な取材を受けて困る』とあなたの名前を告げてもいいのですが――貴志誠一さん、でしたね。社会部の前には政治部にいらっしゃいましたね」

「ご存じなんですか？」

名刺にちらっと視線を落とす篠原に、思わず頬が強張った。

名乗った瞬間から、篠原はなにか勘《かん》づいていたのだろうか。

「ええ。それなりに。明朝新聞には鬱陶《うっとう》しいほど食い込んでくる危険分子がいると聞いていました。実際に会うのは初めてだが、……あなたがそうか」

もう一度冷たい視線が頭の上から爪先まで下りていく。

篠原の視線に人懐《ひとなつ》こさというのはまるでなく、さっきよりも長いこと検分された。

厳しい視線に指先まで縛《しば》り上げられたような気がして、不用意に身じろぎすることもできなかった。

「明朝新聞といえば最大手の新聞社ですね。あそこの政治部から社会部へと異動して活躍していたなら、エリート中のエリートだったに違いない。なのに、今は読者の益体《やくたい》もない声を聞く文芸部所属だ。私と同じ年で早くも競争社会から脱落した貴志さんに、お話することはなにもありません。お帰りください」

高飛車《たかびしゃ》な微笑を横顔に浮かべ、ジャケットの裾《すそ》をさっと翻《ひるがえ》した篠原が足早に立ち去っていく。

取り残された貴志は、息することも忘れていた。

気の毒そうな、どこか愉快《ゆかい》そうな視線を向けてくる周囲の警察官たちの存在もすっぽり抜け落ちるほどの虚脱感《きょだつかん》に襲われていた。

篠原は、勘づいていたどころではない。

たぶん、名刺を渡した瞬間になにもかも把握《はあく》し、貴志に言いたいだけ言わせて、適当なところで打ち切ったのだ。

ここまでの屈辱《くつじょく》を味わわされたのは生まれて初めてだった。

知らず知らずのうちに握り締めていた拳《こぶし》の中にびっしりと汗をかいていることにようやく気づき、ぐっと奥歯を噛《か》み締めた。

——このまま引き下がってたまるか。彼らがなにかを隠しているのは間違いない。絶対に暴《あば》いてやる。


暇な身の上をいいことに、翌日から貴志は精力的に動き出した。

まずは、篠原という男が何者であるかということに焦点を絞《しぼ》った。

警視である彼が今回の事件の中枢にいることは、昨日の尊大《そんだい》な態度から考えてもまず間違いないだろう。

貴志と同じ年の男について、表層的な情報はすぐに集まった。

名前は、篠原亮司《しのはらりょうじ》。代々、力のある政治家を輩出してきた名家の生まれで、法曹界《ほうそうかい》とも深い繋がりを持つ。

篠原は政治の道には進まなかったものの、警察側のエリート街道をひたすら突き進んできたようだ。

試験に一度もつまずくことなく、最短距離で今の警視という立場に上り詰めたようだが、もちろん警視という肩書きは通過点のひとつで、これから先ますます地位を上げていくはずだ。

「いいとこの育ちで、学歴詐称《がくれきさしょう》もないか……」

つまらないなと内心呟《つぶや》き、手元に集まったデータを再度読み直した。

履歴書《りれきしょ》の見本のような男だ、篠原というのは。ひとつもほころびがなく、完璧すぎる。

――政治家を身内に多く抱えているから、もしも篠原に秘密や欠点があったとしても外には絶対に漏《も》れないようになっているんだろう。

斜《はす》に考えながら、もう一度情報を頭からじっくりと読んだ。

強引に引っかかりを見つけようとするなら、篠原の出身が港区という点だ。

殺人事件が起きた篠原家とは、やはりなんらかの繋がりがあると考えたほうが自然だ。

「……直接事件に関わってもみ消したいことでもあるのか？」

がらんとした文芸部で、貴志はひとり、机に向かって唸《うな》った。

普通ならば、その逆だ。

事実をねじ曲げないように、周囲の人物や地理に詳しい関係者を近づけないのが鉄則だ。

だが、警視クラスの近辺で事件が発生したとなると、話は変わってくるかもしれない。

篠原が過去どんな事件に関わってきたか、もっと知りたい。

あえて遠ざけてきた社会部にも顔を出し、誰か話が通じそうな奴はいないかと探したところ、同期の浅川が席に座り、記事を書いていた。

つい最近、この部署を追い出された身としてはもう少し扱《あつか》いやすい後輩にあたりたかったが、仕方がない。

相手は選べないと覚悟を決め、「よう、浅川」と声をかけた。

「貴志じゃないか、ウチになにか用か？」

浅川が小馬鹿にしたような目つきを向けてくることに、神経がささくれるが、いちいち怒っていたら身が保たない。

深呼吸して、フラットな精神状態であることに努めた。

「ちょっと聞きたいことがあるんだ。今、いいか」

「ああ、少しなら。このあと俺も取材に出るんだ。手短にすませてくれよな」

尊大な物言いを受け流し、貴志は近くの椅子を引き寄せて座り込み、篠原の素性《すじょう》について踏み込んでみた。

「本庁の篠原という警視を知ってるか？」

「社会部にいて、知らないほうがおかしいだろ。おまえだって二週間前まではここにいたじゃねえか」

「そうだけど——聞いたことがない」

皮肉混じりの笑みを浮かべる浅川が、「まあでも」と首のうしろを掻《か》きながらぐるりと椅子を回した。

「篠原さんが表舞台に出てきたのは、ごく最近のことだ。十日前か一週間……あたりだな。貴志が知らんのも仕方ない」

「彼はどんな存在なんだ？　どうしていままで表に出てこなかったんだ？」

「俺も深くは摑《つか》んでいない。篠原警視の生家が、あの有名な篠原家だってことはおまえも知ってるだろう。警視の祖父が、以前、民心党《みんしんとう》のナンバーツーだったことは誰でも知ってる事実だ。親族にも政治に噛んでいる者が多い」

「でも、篠原さんは警察の世界に入ったんだろう。……政治の世界だけでなく、法曹界まで牛《ぎゅう》耳《じ》るつもりか？」

「だから、俺もまだわからんと言っただろう。篠原警視の存在は警察内部でもごくわずかな人間にしか知られていなかったと聞いてる。なのに、一週間前、突然現場に顔を出してみずから指揮《しき》を執《と》るようになって、刑事たちも大慌《おおあわ》てだ。いままで雲上人《うんじょうびと》かと思ってた奴がいきなり現場介入して捜査権限を取り上げたんだからな」

「そうか……、だから、あの高輪警察署の白井刑事も押され気味だったのか」

「白井は生え抜きのデカだ。昔ながらの粘り強い捜査方法で、難事件をいくつか解決している」

「浅川は白井さんと知り合いなのか」

「二度、三度話したことがある。口が重い奴だからな、めったなことじゃ情報を漏らしてくれねえが、腕のいい奴だとは思う」

「本来なら、今回の白金台の殺人事件も白井刑事たちが指揮を執っていたはずなのか？」

「白金台の事件？」

そこで初めて、浅川が本気で眉をひそめた。

「あれを追うのは止めとけ。なんせ、篠原警視がじきじきに関与《かんよ》しているんだぞ。伏せたい事実が山のようにあるから、わざわざ雲の上から篠原さんが下りてきたんだろうが」

「篠原警視たちが事件の隠蔽工作を行うかもしれないとわかっていて——浅川は黙って引き下がるのか。おまえ、それでもブンヤか？　保身に走るのか」

「ブンヤ？　おまえにゃそんな言葉は似合わねえよ。エリート街道からみっともなく転がり落ちた奴に、現場で汗水垂《あせみずた》らす奴のことをどうこう言われたくねえな」

せせら笑う浅川の頬が引きつっている。

曲がりなりにも、各国の紛争《ふんそう》地域の取材で名を上げてきた男だ。

新聞記者として、事実隠蔽を黙認するのかとなじられたら腹を立てるのは当たり前だ。

だが、今の会話で確信できたことがある。浅川も、白金台の事件はあえて触れまいとしているのだ。

——それだけ、特別な事件ということだ。

報道を控《ひか》えているのが浅川自身の判断なのか、上からの圧力なのか今はまだわからないが、篠原警視が関わっている以上、穏便《おんびん》にやり過ごそうという魂胆《こんたん》が透けて見える。

けっして熱血主義を気取るわけではないが、浅川のようにここまで露骨《ろこつ》に保身に走る姿を見せつけられるとうんざりだ。

なんのために新聞記者をやっているのかと怒鳴りつけてやりたい気分をなんとかなだめ、

「じゃあ、またな」と椅子を立つと、焦《あせ》り顔の浅川が「おい」と腰を浮かせた。

「本気で調べるつもりか？　下手したらおまえ、クビが飛ぶぞ」

「俺を心配してくれるなら、篠原警視に関する情報をよこせよ。どうせ俺はもう、社会部には戻れない身だ。遊軍《ゆうぐん》として勝手にふらふらするだけだ」

「貴志……」

血管が太く浮き出す腕を組み、浅川がじろりと睨《ね》めつけてくる。

少ししてから舌打ちし、メモ用紙に数字を殴《なぐ》り書きしたものをちぎって押しつけてきた。

「これは……」

「篠原警視の携帯番号だ」

「警視の？」

「捜査用に使う特殊回線だ。絶対に漏らすな。警視が今回の一件に着任して早々、俺たち明朝新聞、社会部の数人のみ、本人から直接この番号を渡されたんだ。事件に関与する人物や出来事を万が一摑んだらここに連絡しろってな。……警視には、俺から教えてもらったと言え。俺の名前を出さないと、警視も信用しない」

意外な浅川の行動に、素直に礼の言葉が口をついて出た。

「……すまない、恩《おん》に着《き》る」

「念押ししておくが、なにがあっても知らねえぞ。今まで現場に出てこなかった篠原警視がどうして今回、わざわざ外に出てきたと思う？　家名を汚す『なにか』を隠すためだけじゃないと俺は踏《ふ》んでる。政治家に絡む事件は厄介《やっかい》なんだ。たぶん、上もそう判断したんだろう。だから、あえて手を出さないと決めたんだ。貴志が勝手に調べて歩いて、奴らにさらわれて嬲《なぶ》られても、俺たち明朝新聞は動かない。そのことをしっかりわきまえとけ」

最後通牒《さいごつうちょう》とも取れる言葉に、貴志は頷《うなず》いた。

奴らにさらわれて嬲られても、という物騒な言葉に怯《おび》える前に動きたかった。

「わかった。おまえたちに期待はしていない。俺はひとりで動く」

言うだけ言い、貴志は眼鏡をかけ直し、歩き出した。


篠原に繋がる糸をやっと摑んだものの、いざとなるとどんなタイミングで使うか迷った。

メモ用紙に書かれた番号に電話をかければ、篠原と直接話すことができる。

篠原にとっての貴志というのは、一度しか会っていないただの新聞記者だ。

それも、社会部ではなく文芸部という畑違いの。

電話をかけたところで役に立たない相手だとわかれば、即座に切るだろう。

だが、一歩踏み出さなければなにも始まらない。

篠原の気を惹《ひ》く材料として浅川を使うのは幾分《いくぶん》かためらいを感じたが、それぐらいは彼も承知のうえで、秘密の番号を教えてくれたはずだ。

三日後の夕方、貴志は自宅から篠原の携帯に電話をかけてみた。コール一回で出たのには、さすがに驚いた。

『はい』

「……あの」

喉《のど》がからからに渇《かわ》き、声が掠《かす》れた。受話部から聞こえる篠原の声は、直接会ったときよりもさらに低い。

『用件がないなら切ります』

「待ってください、俺は――、あの」

事件に関係する人間だけが知っている電話番号だ。

だから篠原も、つねにワンコールで出られる態勢を整えているのだろう。

深読みすれば、警視クラスの彼をそこまで没頭《ぼっとう》させるだけの裏がある事件、ということになる。

「以前お会いした、明朝新聞の貴志です。切らないでください。この番号は、社会部の浅川から聞きました」

『浅川さんから？　……絶対に漏らすなとあれほど念押ししたのに』

不快《ふかい》そうなため息が聞こえてきた。

「らしいですね。どうしてそこまで頑《かたく》なに情報が漏れ出ることを恐れているんですか？　篠原警視のご家族に直接関係する事件なんですか？」

『あなたに話す義務はありません』

「確かに義務はありません。ですが、あなた方警察が、事実を歪《ゆが》めて隠すならそれを明るみに出すのがマスコミの仕事のひとつです。真実を知りたいだけだ」

『他人の傷口を暴くのが趣味ですか？　自分で嫌になりませんか、そういう仕事をしていて』

篠原の声に凄《すご》みが混じるが、貴志も引くに引けなかった。

感情が揺らがないように見える篠原の心に、なんとしてでも斧《おの》を突き立ててやりたい。

『被害者の家に無遠慮《ぶえんりょ》に押しかけて、今、どんな気持ちかとか、被害者はどんな人物だったかとか、あなた方マスコミは傷口にたかるハエと変わらない。私が今回の事件と直接関与しているかどうかということも、興味本位で聞いているだけでしょう。真実を知りたいなんていうのは二の次で』

淡々《たんたん》とした声だが、篠原はあきらかに動揺している。

「いきなり多弁になりましたね、篠原さん。興味本位や好奇心で動くことはいけませんか？　それがマスコミの原動力ですよ。あなたにとって、俺みたいな存在は邪魔《じゃま》だということですよね。だったら、なにがなんでも暴いてやる。名家の篠原家で起きた殺人事件がなぜほとんどニュースにならないのかという疑問は、今まで表に出てこなかったあなたがわざわざ今回の事件に関わっていることにこそ、答えが隠されているはずです。事件の真相もそうだが、なぜ隠すのか、理由が知りたいんです」

息を呑む気配がしたと思ったら、ブツッと音を立てて電話が切れた。

受話器を握る手が汗でぬるついていることに、初めて気づいた。

大きく息を吐き出したが、胃の底がまだ熱い。

言葉どおり、篠原を追い詰め始めた緊張感《きんちょうかん》が身体中を駆《か》け巡《めぐ》っているのだ。

「……焦るな、まだだ。まだ始まったばかりだ」

逸《はや》る胸をなだめるためにベランダの窓を開け、夜気を吸い込んだ。

初夏らしい爽やかな風が火照《ほて》った頬に心地いい。

篠原との電話は、今回の事件をほんの少しだけこじ開ける些細《ささい》な亀裂《きれつ》だ。だが、一度でもヒビを入れれば、なんとかなりそうな気がする。

確かな充実感に、貴志は口元をゆるめた。

社会部にいた頃は、次から次へと湧《わ》いて出てくる事件に忙殺《ぼうさつ》されていた。

あのまま社会部にいたら、ベタ記事で終わるような事件には早々に見切りをつけ、もっと生きのいい、大きな獲物《えもの》を狙《ねら》って走り出してしまっていたかもしれない。

だが、いまの自分を追うものはなにもない。

以前なら見過ごしていただろう小さな事件に目が留まり、しつこく追いかけることで、前線にいる記者としての自分を忘れたくないのかもしれない。

そう考えて苦く笑い、頭を軽く振り、外に出ることにした。

一杯飲みたい気分だ。金曜の晩だからどこも混んでいるだろう。

「せっかく飲むなら……調査がてら、といくか」

普段よく行く新宿の繁華街《はんかがい》ではなく、外苑通りのあたりをふらつくことにした。

本当は篠原が住む白金台周辺の聞き込み調査をしたかったのだが、あのあたりは今もっとも警察の警備が強化されているだろう。

住民の入れ替わりが激しい土地ではない。

代々土地を受け継いで住む者が多いだけに、住民同士、互いの事情はよくわかっているかもしれないが、それだけ結束が固く、余所者《よそもの》には簡単に口を割らないだろう。

とりあえず、タクシーで外苑通りに向かってもらった。

新宿よりもずっとしゃれた店が裏通りにいくつも並ぶこのあたりは、渋谷駅前のような騒々しさがなく、道を行く人々の年齢も若干高めだ。

まったく初めて来た土地というわけではないが、行きつけの店があるのでもない。

シャツに軽いジャケットを羽織《はお》った格好でぶらぶら歩き、横道の奥にのぞくビールバーや、入りやすそうなスタンドバーをいくつか回り、ここらの雰囲気《ふんいき》というものを肌で味わうことにした。

幸い、酒には強いほうだし、ひとりで飲むのに慣れている。

土地柄、どこのクラブも芸能界やアパレル業界に属しているような派手な人間が目立つ。

誰でも気軽に入りやすいバーやクラブは外国人の姿も目立ち、賑《にぎ》やかだ。

——でも、実際に昔から住んでいる人間はこういった店に来ない気がする。

もっと目立たないこぢんまりした店に行くんじゃないだろうか。

数軒のバーを回るあいだ、さりげない聞き込みを行うことも忘れなかった。

「ここらで最近、ちょっとした事件があったの、知ってますか？」

四軒目の小さなビールバーで、貴志よりずっと若いバーテンダーに聞いてみた。

アッシュブロンドの派手な頭の青年は「うーん」と考え込み、「事件なんて、大なり小なり毎日あるしね」とさらりと返してきた。

「覚えてられないよ。このへん、いろんな人が来るし、観光客も多いし」

「そうだろうね。でも、中にはやっぱり地元の人もいるんじゃないかな？」

「地元住民ねえ……」

「白金台の住民とか来ないかな」

「来ない来ない。あのへんの上品な住人が来たら一発でわかるって。……ああ、でも、地元専用のクラブがあるって噂を聞いたことがあるかな」

話し好きなバーテンダーに当たったことに内心感謝し、「どんなクラブかな?」と探りを入れてみた。

「じつは最近、俺もこのへんに引っ越してきたんだ。もちろん白金台の住人じゃないけど、あいう上流社会の御仁《ごじん》が集まるクラブって興味があるんだよ」

「興味を持っても簡単に入れないと思うけどね。だって一応、白金台は大物中の大物が住む街だよ?　俺が聞いたクラブだって噂でしかないしね。看板なんか出してなくて、当然会員専用クラブだよ。どっかの高級マンションの一室にあるとか、毎回、場所が変わるとか、さ」

「金持ちが考えることはわからないな。万が一問題が起きても金で黙らせられるだろうに」

「そりゃたいていのことは金にモノを言わせることができるだろうけど、人が死んだりしたらさすがに防げないでしょ」

「人が死ぬ、か。そういえばちょっと前、白金台で人が死んだよね」

「そうだっけ?」

「そう。篠原っていう……なんか政財界でも顔がきく有名な家で、医者とその助手が殺されたって話」

「新聞に載ってたっけ、そんな事件。俺、テレビのワイドニュースはわりと見るほうなんだけど、覚えがないなあ。政治にも興味ないし」

グラスを拭《ふ》きながら宙を見据《みす》えるバーテンダーは嘘を言っていないようだ。

大勢の客と会い、言葉を交わす職業柄、核心に斬り込まれたらうまく論点をそらす者も多いのだ。

しかし、目の前にいるバーテンダーは年若なせいもあってか、ほどよくあしらうという術をまだ覚えていないらしい。

少しでも情報を集めたい貴志にとっては願ったり叶《かな》ったりの相手だ。

狭い店内にはそこそこの客がおり、皆、それぞれの会話を楽しんでいる。

新しい酒をもらった貴志の背後を男が通り過ぎ、店の隅《すみ》に置かれた旧式の煙草《たばこ》販売機に小銭《こぜに》を入れている。

それとなく周囲の気配を伺《うかが》ったが、こっちの話題に聞き耳を立てている者はいないようだ。

「まあ、富裕層が多い場所での殺人事件だから、いろいろと秘密が漏れないように警察やマスコミも神経を尖《とが》らせているのかもしれないね」

「んー、かもね。でも、そんな事件のことを聞きたがるってことは、お客さんもマスコミ関連？警察の人間にゃ見えないもんな」

「ただの野次馬《やじうま》だよ。この話だって友だちに聞いただけなんだ。こんな都心で、しかも著名人物が多く住んでいる地域で物騒な事件があるのかって驚いたんだよ」

「それ、ガセネタじゃないの？　真面目そうな顔してるけど、お客さん、ちょっと騙《だま》されやすそうだし」

「かもしれない。一杯食わされたかもな」

冗談を言い合い、——そろそろ潮時《しおどき》か、と財布を取り出そうとして、貴志はハッと顔を強張らせた。

スラックスの尻ポケットに入れておいた財布がない。

まさか、自宅に忘れてきたのかと動揺したが、そんなはずはない。

この店に来る前の三軒目でもちゃんと現金払いをしたことは覚えている。

「どうしたんですか、お客さん、顔真っ青だけど」

「いや、……ごめん、なんでもないんだ」

言いながらジャケットの内側や外ポケットも探ったが、長年愛用している二つ折りの財布はどこにもなかった。

——もしかして、すられたのか？

ついさっき、背後を通り過ぎた男がいた。

互いに身体が軽く触れたか触れないかという程度だったし、狭い店内だから仕方ないとさして気に留めなかったのだ。

だがあの一瞬に財布をすられていたのだとしたら。

現金はもとより、一緒に入れてあった免許証や新聞社のＩＤカードも盗まれたことになる。金を盗まれるより、個人情報を奪《うば》われたかもしれないという事実に頭の中が真っ白になった。

突如《とつじょ》、態度が変わった貴志に、バーテンダーは先ほどまでの無防備な明るさをなくし、怪訝《けげん》そうな目つきを向けてくる。

これ以上人目を引くのはまずい。

正直に「財布を忘れた」と言えばいいのかもしれないが、それはそれでべつの騒ぎを呼んでしまう。

無銭飲食《むせんいんしょく》かと疑われ、警察を呼ばれたら大事だ。だが、一銭の金もないことを認めなければ、事態は悪化する一方だ。

「すまない、会計をしたいんだが……」

財布を忘れたんだ、と正直に打ち明けようとした矢先に、バーテンダーが、「ああ、なんだ」とにこりと顔をほころばせた。

「会計、もうとっくにすんでるよ」

「え？」

「俺、新入りだからお客さんに会うのは初めてだけど、ここの店にもちゃんとお仲間がいるんでしょ。その人がさっき、あなたのぶんも払って帰っていったよ」

「仲間？　俺に？」

思いがけない言葉に足下がふらつきそうだ。

誰も知らないはずの自分の行動を、誰かが密かに追っているということなのだろうか。

新聞社の奴だろうか。浅川の差し金か。

「その——俺の支払いを終えた奴は……」

どんな顔をしていたかと聞きたかったが、『仲間だ』と信じているらしい浅はかなバーテンダーをこれ以上混乱させても無意味だ。

貴志はむりやり微笑《ほほえ》み、嘘の演技を続けることに必死になった。

「水くさいなぁ、あいつも。彼、どれぐらい前に出て行った？」

「ほんの二、三分前だよ」

「そうか、ありがとう。さっさと礼を言っておかないと嫌みを言われそうだから、今日はこれで帰るよ」

「また来てくださいよ」

軽々しい挨拶に、——二度と来るかと歯嚙みをしたい思いで、急いで店を出た。

細い路地の前後を見渡しても人影は見あたらない。

「なんだったんだ……、誰が俺のことを……」

心地いい夜風に吹かれながらも、ぬるっと嫌な汗が背中を伝い落ちていく。

とにかく、一刻も早く警察に届け出なければ。車の往来が激しい大通りに向かおうとしたときだった。

電灯から離れた仄暗《ほのぐら》い路地の脇《わき》からにゅっと突き出てきた逞《たくま》しい腕に肩を掴まれ、悲鳴を上げる暇すら与えられずにビルとビルの合間に引っ張り込まれた。

「……ッ……!」

背後から抱き締められるような格好で、分厚い手のひらでくちびるをふさがれ、声を上げることもできない。

手の骨っぽさや伝わる熱からしても、相手が男であることは間違いない。

貴志を覆《おお》い尽くすような大きなシルエットが低い声を漏らした。

「篠原のことを探るのはやめておけ。命が惜しければな」

「……っ……く……っ……」

あきらかに脅《おど》しをかけてくる男を睨《にら》み据《す》えたが、電灯が遠いせいで表情がよく見えない。

声から判断する年齢は、自分とほぼ同年代だろう。

頑丈《がんじょう》な手は思ったより肉厚で、このままあと数分、くちびると鼻をふさがれ続けたら窒息《ちっそく》してしまう。

——殺されるのか。

身体を小刻みに震わせたのが男にも伝わったようだ。少しだけ手の力をゆるめられたことで呼吸が楽になり、貴志は荒っぽく胸を波立たせた。

「誰、なんだ、……おまえは……」

「篠原のことは追うな」

「……どうしてこんなことをするんだ！　どうして俺を……！」

「耳が悪いのか？　死にたくないなら篠原のことを探るんじゃねえよ」

「……ぐ……ッ……ぅ……」

再び、強烈な力で鼻とくちびるをふさがれた。

男が発散する殺意は見せかけではなく、本物だ。

十分な酸素が脳に行き渡らず、視界に白い光が点滅《てんめつ》し始め、だんだんと赤く染まっていく。

だが、一方的にやられるのは屈辱《くつじょく》だ。新聞記者としてさまざまな情報を追いかけてきたが、ここまで命の危機にさらされた覚えはない。

だからこそ、記者としての意地が燃え上がった。

誰もが篠原家の殺人について口を閉ざしたがる。

捜査に関わっている篠原本人ですら、そうだ。

意図的にねじ曲げられ、葬《ほうむ》られようとしている真実を知りたいと思うのは、人として醜《みにく》いことなのか。

『あなた方マスコミは傷口にたかるハエと変わらない』

電話越しに聞いた篠原の苛立《いらだ》ち混じりの声がふっと蘇り、窒息で意識を失いかけていた篠原に思わぬ力を与えた。

ここで倒れてたまるか。下腹にぐっと力を込め、右肘《みぎひじ》を勢いよく男のみぞおちに叩《たた》き込んだ。

「……クソッ！」

まさか突然肘鉄《ひじてつ》を食らうとは思っていなかったのだろう。

男が咳《せき》込んだ隙《すき》に貴志は急いで彼の手から逃れ、そのまま路地から走り出そうとしたが、寸前で思いとどまった。

「おまえは誰なんだ。篠原さんの事情を知られたくないということは、関係者か？　彼に雇われた者なのか？」

「……いい度胸じゃねえか。逃げるんじゃやなくて、俺と張り合う気か？」

数歩分離れたところで、男がもう一度咳込む。

あたりは翳《かげ》っていて、相変わらず男の容姿《ようし》がどんなものかいまいちわからない。

「どうして篠原さんを追うなと言うんだ。こんなふうに彼を追う者を次々に始末しているのか」

「人聞き悪いこと言うんじゃねえよ。本気で始末するならとっくに殺してるさ。俺がやってるのは、忠告だ。あいつにまつわることを暴くのはよせ。面倒なことに巻き込まれるぞ」

「もう、とっくに巻き込まれてる」

「はぁ？」

不審《ふしん》そうな声を上げた男に向かって、貴志は昂然《こうぜん》と顔を上げた。

「白金台という高級住宅地で二人も殺されているっていう事実を、篠原さんは故意に隠蔽しようとしている。俺は、被害者の二人がどんないきさつで殺されたのかを知りたい。彼らにも家族がいたはずだ。いくら篠原さんの家が権力を持っていたとしても、人が死んだ事実を伏せていいはずがない」

「正論を言ってて楽しいか？　聖人ぶって楽しいか？　――来いよ、頭でっかちで理想ばっか語ってるおまえに、現実がどれだけ厳しいものか教えてやる」

「な……っ！」

薄闇の中から再びぬっと突き出てきた腕に捕らえられた。

今度は骨まで軋《きし》むほどの強さで、一歩間違えれば折られそうな痛みに貴志は声を出すこともできず、そのまま力ずくで路地のさらに奥へと引きずり込まれた。

行き当たりには古びた四階建てのマンションがあった。

猫の額ほどの駐輪場があり、主に単身者用に作られたのか、窓と窓の感覚も狭い。

いつ取り壊されてもおかしくないほどのすすけた外装のマンションに、灯りはほとんどついていない。

きっと、空き部屋ばかりなのだろう。

誰も、こんな奥まった場所にマンションなんてあるとは思わないはずだ。

コンクリートが欠けた階段を無理やり上らされ、三階の一番奥まった部屋に連れ込まれた。

貴志を室内に突き飛ばし、男がスチール製の重い扉を閉めると、一気に室温が上がる気がした。気持ちいい夜風を室内に入れようという考えは男の頭にないようで、貴志は全身汗みずくになっていた。

部屋の中に、当然、クーラーなど気の利いたものはないらしい。

男が壁際のスイッチをぱちっと押したことで、眩《まぶ》しい光が室内を照らし、床に転がった貴志は一瞬きつく瞼《まぶた》を閉じた。

突然の明るさに慣れられず、ゆっくりとまばたきを繰り返す間、呼吸も意識して深くしていった。

それから、ようやく顔を上げた。

目を覆うほどの長い前髪はわざとぐしゃぐしゃにもつれさせているが、通った鼻筋や鋭角な顎《あご》のライン、きわどく吊り上がった色気のあるくちびると、同性の目から見てもかなりいい男の部類だ。

漆黒《しっこく》のシャツの袖《そで》をまくった腕はやはり逞しく、黒い生地でできたスラックスを穿《は》いた足も驚くほど長い。

胸ポケットから煙草を取り出し、マッチで火を点けるあいだも、貴志からまったく視線をはずさない。

一般人とはまるで違う異様な迫力に貴志は言葉を失し、無意識に後じさった。

男は旨そうに煙草を吸い込み、粋《いき》な仕草で細く長い煙《けむり》を吐き出す。

全身から発散する重圧感や、邪魔そうな前髪からかいま見える鋭《するど》い視線はどう見ても堅気《かたぎ》じゃない。

仕事柄、貴志はそれなりに活動しているやくざに接触したことが何度かあった。だが、目の前にいる男に比べれば、どいつもこいつも小物に思えてくる。

けっして目を瞠《みは》るような大男ではないのだが、なめらかな仕草ひとつ取っても、恫喝《どうかつ》に慣れた声からしても、そこらに野放しにしておいていい男ではない。

「……何者なんだ、おまえ……やくざなのか?」

「そう見えるか?」

鼻で笑った男は肩を竦《すく》め、絨毯《じゅうたん》張りの室内を、靴《くつ》を履《は》いたまま平然と歩く。

六畳ほどの殺風景な部屋がふたつあるだけで、目につく家具は冷蔵庫とベッドぐらいだ。

「俺の正体なんてどうでもいい。おまえ自身の心配をしろよ」

「篠原さんとどういう関係なんだ。おまえみたいな怪しい男をうろつかせているっていうことは、結局篠原さん自身、疚《やま》しいところがあるからじゃないのか」

「バカか、てめえ。人の話聞いてるか?」

男が近付くなり、革靴《かわぐつ》の先で貴志の顎を蹴《け》り飛ばしてきた。

激しい痛みに呻《うめ》いて突っ伏したところを、髪の根元を摑まれて力ずくで引き上げられた。

間近にしゃがみ込んだ男は、煙草をくわえながら薄笑いを浮かべている。

「暴力沙汰《ぼうりょくざた》には慣れてねえな」

火の点いた煙草がふっと頰《ほお》をかすめ、本気の熱にぎょっと目を剝《む》いた。

「離せ！」

必死にもがいても髪を摑む握力はますます強まる。壁に押しつけられて胸元をきつく摑み上げられた。

それだけで心臓が早鐘《はやがね》のように鳴り出す。

同じような体格に見えるのに、鍛《きた》え方がまるで違うらしい。

「さっきの路地裏でやられたこと、思い出せよ。俺は右手だけでおまえを殺すことができる。酸素を絶つのなんか簡単だ。うまいこと調整すれば、意識があるままの植物人間にすることだって可能だ。そっちのほうがつらいかもな。ここで死んどくか」

「ふざけるな！」

からかうような光を宿した目に、怒りがこみ上げてくる。

無駄《むだ》に抗《あらが》えば本当に殺されるかもしれないと神経がざわめいたが、男が嘲笑《あざわら》っていることがどうしても許せなかった。

力にものを言わせるタイプの人間を、貴志はもっとも嫌悪していた。

知恵を絞《しぼ》り、巧《たく》みに動くことができない者は暴力をふるうことがままある。

虐待やいじめ、リンチの事件を扱《あつか》うたび、どうして同じ人間にここまでの苦痛を味わわせられるのか、神経を疑わざるを得なかった。

自分の意に沿わない者は殴《なぐ》って黙《だま》らせればいい、という短絡的な考えをそう簡単に認められるか。

口の中にたっぷりと溜めた唾液《だえき》を思いきり吐きかけてやると、今度は男のほうが驚いたように目を見開いた。

頬にかかった唾液を手の甲で拭《ぬぐ》いながら啞然《あぜん》としているところを見て、少しだけ溜飲《りゅういん》が下がった。

しかし、貴志が笑えたのはつかの間だった。

男はうつむき、頭を大きく振る。

前よりさらに乱れた髪の隙間から獰猛《どうもう》な視線で笑いかけてきたことに、本気で背筋が震えた。

まるで人の皮を被った獣《けもの》みたいだ。

「やるじゃねえか。俺に唾《つば》を吐《は》きかけたのは、おまえが初めてだ」

「だからなんだ。つまらないプライドに傷でもついたのか？」

「ふん、実際にやられてみたら、どうってことはねえ。——傷物になって泣くのはおまえのほうだ」

「やめろ、手を離せ！」

無理やり抱き起こされ、部屋の片隅《かたすみ》にぽつんと置かれたベッドに放り投げられた。

まさか、ここでめちゃくちゃに殴られるのだろうか。反撃に備えて鼓動《こどう》が駆け出し、手足が熱くなるが、抗う余地はこれっぽっちも見当たらない。

白いシーツが敷かれた簡素なベッドに組み敷かれて必死に暴れたが、男の動きのほうが早かった。

手早く貴志のベルトを引き抜いて両手首を頭上でぎっちりと拘束《こうそく》し、ベッドの柵《さく》に結《ゆ》わえ付けた。

それからスラックスの尻ポケットから大型のバタフライナイフを取り出し、前歯で器用に留め金を外す。鈍く輝く刃に背筋が凍《こお》る。

「そんなもの……持ち歩いてるのか？　銃刀法違反《じゅうとうほういはん》で捕まるだろ」

「俺がそんなバカに見えるか？　あんまり笑わせんなよ。綺麗な顔、ズタズタにされたくねえだろ」

全体重をかけてのしかかってくる男が鋭い切っ先を貴志の口の中にスウッと挿《さ》し込んでくる。

金属の嫌な味と冷たさが全身に染み渡り、身じろぎもできなかった。

今、不用意に動いたら本当に口を裂《さ》かれる。

「……ッ……は……っ……」

息を吸うのもひと苦労だった。

気を緩《ゆる》めると涙が滲《にじ》みそうだ。舌なめずりしている男は精神異常者だとしか思えない。

バタフライナイフが口から抜かれてほっとしたのもつかの間、シャツのボタンの隙間に刃が忍び込んでくる。

男が軽くナイフの柄を上げるだけで、ボタンが弾《はじ》け飛んだ。

自分の唾液で濡《ぬ》れたナイフが皮膚《ひふ》をかすめていく感触に息を呑み、どうすることもできないまま、ブツブツとボタンの糸が切れていく音だけを聞いていた。

「俺を……殺すのか……」

のしかかってくる男の重みでうまく息ができなかったが、負け犬のように死ぬのは嫌だ。

この男が何者なのかもわからず、脅された挙げ句に誰にも知られず嬲《なぶ》り殺されたとしても、こいつにだけはダメージを与えたい。

「おまえが……誰だかわからない、でも……篠原さんはおまえにとって……アキレス腱《けん》なんだろうな」

「……アキレス腱？」

初めて、男が声をひそめた。男を動揺させたのだ。

そのことが貴志を後押しし、――もうどうにでもなれ、思いついたことを片っ端から言ってやれという獰猛な気分を駆り立てていく。

「雇われたチンピラにしては度胸がよすぎる。篠原さんが自分のことを嗅《か》ぎ回る奴がいたら殺せと命じてきたのか？　そんな大層なモノを振り回したところで、結局おまえは篠原さんの命令に従っているだけだ。自分ではなにも考えずに、いままでずっと暴力だけで物事を解決してきたんだろう？　結局、おまえは誰かの命令で動くことしかできない犬みたいなもんだ」

「……犬、か。この期《ご》に及《およ》んで言ってくれるじゃねえか……」

くるっと器用にナイフを回し、男はしばしうつむいて肩で息をしていた。

その目は前髪に隠れていて見えない。

息詰まるような時間が過ぎた。

男が腰を浮かせたことで呼吸が楽になったが、次の瞬間、男は髪をかき上げながらナイフを水平にして貴志の喉元に強く押し当ててきた。

「……ッぅ……！」

「犬なら犬らしくやってやる。狂犬らしい振る舞いってのを、おまえに教えてやるよ」

「……うぁ、……っ……いやだ、嫌だやめろ……！」

とっくに開かれていたシャツの右肩をナイフが抉《えぐ》り、そのままドンッと音が響《ひび》かせてベッドへと食い込む。

標本のようにベッドに刃《やいば》で縫《ぬ》い止められて脂汗《あぶらあせ》を流す貴志に、男は喉仏《のどぼとけ》から鎖骨《さこつ》へ、裸の胸へとおもしろそうに指を滑《すべ》らせてくる。

左胸のあたりにぴたりと手が張り付き、どくどくと波打つ鼓動がばれてしまいそうだ。

「なにをされるかまるでわかってないって顔だな、おもしろい。おまえがどういう反応を見せるか、試してやる。男とのセックス経験は？」

「……あるわけないだろう！」

「だろうな。こんなに縮《ちぢ》こまってるもんなぁ」

男は薄く笑い、貴志のスラックスを下着ごと膝《ひざ》までずり下げ、恐怖のために萎縮《いしゅく》した性器をいじくり回す。

「女と寝るときは自分のココ、しゃぶらせるのか？　おまえみたいな真面目なツラをした男でも、欲情するときは女の口にコレを突っ込んでガンガン腰を動かして、精液飲ませませんのか」

「しない、そんなこと！」

あからさまな言葉に衝撃《しょうげき》を受けてかっと頬が熱くなる。女性との経験はもちろんある。だが、仕事が忙しくて、ここ数年はとくに決まった相手をつくらなかった。それで困ることはべつになかったから、性欲が薄いほうなのだろうと自分でも思っていた。

そんな貴志の胸の裡《うち》を見透かしてか、男は濡れた舌を見せながらくちびるを舐《な》め回す。他愛ない仕草が妙に扇情的《せんじょうてき》に見えた。

「男との経験がなくて、女にもしゃぶらせてねえのか。だったら、さぞかし濃いのがたっぷり溜まってんだろうな。――全部出させてやる。俺がそうしてやる。てめえ自身が知らない淫猥《いんわい》な身体にしてやるよ」

言葉は下卑《げび》ているのに、声そのものに抗えない品格と艶《つや》がある。

竦むしかない貴志の眼前で、男は楽しげに腰を浮かし、スラックスの前を開いた。

ぶるっと飛び出す男根は硬く反《そ》り返《かえ》り、生々しい匂《にお》いを漂《ただよ》わせながら、透明な滴《しずく》を垂らしている。

男がこれからなにをしようとしているのか、想像しようと思えばできなくなかったが、絶対に認めたくなかった。

これなら、まだ殴られたり蹴られたりしたほうがましだ。

「……な……なに……」

「舐めるんだ。口を開けろ」

「……っぁ……っうぅ……っ！」

必死に首を振り、拒《こば》もうとしたが、顎をがっしりと摑まれて上向かされ、息苦しさについくちびるを開いてしまった。

そこへぐうっと笠《かさ》の張った亀頭をねじ込まれ、嫌悪感と吐き気がいっぺんに押し寄せてくる。

「噛むなよ。歯を突き立てたらぶっ殺してやる」

「……ぐ……っう……う……っふ……っ」

髪の根元を摑まれた貴志の口に己《おのれ》のものを押し込んだ男は、最初からめちゃくちゃに腰を突き動かしてきた。

貴志の口を性器のように扱い、硬く引き締まる男根で喉奥まで突いてくる。なめらかな皮膚がピンと突っ張り、先端からぬるっとした濃い味の滴がこぼれ出してくる。とてつもなく淫《みだ》らな感触の肉棒を咥《くわ》えさせられているという嫌悪感と苦しさを追い払いたくて、叫び声を上げたかったが、この状態では無理だ。

「……く……う……っ……」

くちびるがめくれ、男の性器にいやらしくまとわりついてしまったとしても、計算してやっていることではない。男が勝手に行為を強いるせいで、本来、食事したり、息したり、声を出したりする大切な器官を、性器にさせられる苦痛は言葉にできない。

思わずえずきそうになっても男が腰を引く様子はなかった。

「う……うっ……」

男が勝手に腰を動かすたびに、じゅぽっ、ぐちゅっと淫らな音がこだました。

口内に青臭い苦みが充満《じゅうまん》し、舌の上にも、頬の内側にも、熱くはち切れんばかりの肉の感触が残った。

自分の身の上に起こっている出来事を信じたくなかった。

これは嘘だ。悪い夢だ。

バーからバーへと渡り歩き、悪酔いした先で酔いつぶれ、嫌な夢を見ているだけだ。

――まさか、男のものを咥《くわ》えさせられているなんて、嘘だ、嘘に決まってる。

「俺のものに舌を巻き付けてみろ」

「んん、ッん……！」

「嫌がってんじゃねえよ、さっさとやれ」

シャツの右肩に刺《さ》さったナイフがさらに深くめり込む。熱い涙が滲む視界に映る光景はどう見てもまともじゃない。だが、口の中を蹂躙《じゅうりん》する硬い熱は本物だ。

今だけはなにも考えまい。命令に逆らえば本当に死ぬことになる。

こんな残酷《ざんこく》なことが平然とできる奴のことだ。そう簡単に死なせてはくれないだろう。

指の爪を一枚一枚剝《は》がされるような壮絶な嬲り方を想像しただけで情けなく身体が震え、男のものにおずおずと舌を這《は》わせた。

ここで死にたくなかった。生き延びたかった。

「ハハッ、へたくそだな、本当に。やめるな、続けろ」

「ん――、ぁ……」

ついさっきまで乱暴に口腔《こうこう》を犯していた肉棒にみずから舌を巻き付け、なんとか啜《すす》り込んだ。

とろっとした滴が幾筋も喉の奥へと落ちていく。

男の濃い先走りを飲み込んだのだと意識した瞬間、危うく意識を失いかけた。

古びたマンションの一室で、見知らぬ男に捕まり、口淫《こういん》を強要されている事実を絶対に記憶に残したくない。

それが男にもわかっているようだ。

貴志の髪を摑みながら、さっきよりずっとゆっくり、腰をひねり挿《い》れてくる。

まるで、自分の性器の大きさや硬さを主張しているような動きに憎悪《ぞうお》が高まり、思いきり歯を突き立ててやりたくてたまらず、無意識のうちに男を睨み据えていた。

「いい顔をするじゃねえか……先のところも舌で抉るようにするんだ」

「……ッう……」

ずるっと男が性器を抜き、先端部分だけを含《ふく》ませてくる。

亀頭の割れ目からとろとろ漏れ続ける滴と唾液が口内で混ざり合い、飲みきれずに溢《あふ》れ出させてしまうのも嫌で嫌でたまらなかった。

ぎゅっと目をつぶった。

なにかまったく別のものをただなんとなく舐めているだけだと思おうとしても、貴志の葛藤《かっとう》を見抜いてか、男は時折深く、腰を突き込んでくる。

硬い繁《しげ》みがちくちくと口の周囲を刺すほどに深々と突き挿れられた。そのせいで、どうしても男の性器を舐めしゃぶっているという異様な現実から逃げようがない。

痺《しび》れた舌先で男の性器の先端を割り、柔肉をチロチロと抉ると、とろみのある先走りがますます濃くなっていく。

えぐみのあるそれを無理やり飲み込むたびに、理性まで溶けていく錯覚《さっかく》に陥《おちい》った。叶《かな》うならば、すべて忘れたい。

夢じゃなかったとしても。都合良く綺麗さっぱり忘れてしまいたい。

「……そろそろ本気でやるか」

「ん、ン――っ、ふ、っぅ、ぅっ、ぁっ」

男が笑い混じりに言い、腰使いを激しくしていく。

じゅぷっ、ぬちゅっ、と濡れた音が室内に響き渡る頃には、貴志はただひたすら口を開き、昂《たか》ぶっていく男根を奉仕《ほうし》するだけの存在になっていた。息を吸って吐くタイミングも自由にならず、どうすればいいのかまったくわからなかった。

「口をすぼめろ。俺のものを絞り込むんだ」

「ッ……う……！」

言われるままにやるしかなかった。

「威勢がいいわりには、へたくそすぎるだろ」

男に嗤《わら》われても、上手なやり方なんて知らないし、覚えたくもなかった。

――もうどうなってもいいから、早く解放してくれ。終わらせてくれ。自由に息を吸わせてくれ。

声が出せたらそう懇願《こんがん》していたかもしれない。

ギッ、ギッ、とベッドが軋む嫌な音を遠くに聞き、荒っぽい吐息と塩辛い涙の味が混ざり合っていく。男がいきなり貴志の性器を握り込んで、扱《しご》いてきた。

「んんっ……！」

「おまえも感じるんだ」

「く——……っ」

絶対に無理だ、そんなことはできないと言いたかった。ここまで強い屈辱を味わわされたことはない。

同性に触れられて感じる性癖《せいへき》じゃないと罵倒《ばとう》したかったが、萎縮する性器を愛撫《あいぶ》する手つきは巧みで、先端の割れ目をゆるくくすぐられると、じわりとした熱い疼《うず》きが身体の奥底からこみ上げてくる。

それと同時にペニスが首をもたげてしまい、男の手の中で硬さを増していく。

「俺のものを舐めさせられたっていうだけじゃ、傷は浅い。おまえもみっともなく感じて、乱れよがるんだ。そうすれば今夜のことは絶対に忘れられなくなる。——貴志誠一、てめえの浅ましさを俺に見せろ。おまえ自身も消えない傷をつくるんだ」

「……っ……」

なんで名前を知っているのかと絶句したとたん、男がシャツの胸ポケットから極細の金属棒を取り出す。

棒の先に小さな丸い玉がついたものを、貴志はなにに使うのかまったくわからなかった。

「これでおまえをおかしくしてやるよ。味わったことのない快感を教えてやる」

「……ん、んッ、ん、ぐぅ……っ」

ぎっちりと握《にぎ》られた性器の割れ目をひんやりした金属の丸玉がくすぐる。

今までに一度も感じたことのない熱い違和感に、目を瞠ったまま涙を浮かべる貴志に構わず、男は笑い、そのままゆっくりと金属棒を中程まで埋《う》め込んできた。

「……う……ぅあ……！」

柔らかで繊細《せんさい》な粘膜《ねんまく》を極細の金属でくりくりっと抉《えぐ》られ、抜き挿しを繰り返される苦痛に続いて、全身が燃え上がりそうな快感が追ってくることに、貴志は声を失《な》くし、何度も身体をよじらせた。

異物で尿道《にょうどう》を責められる苦しさと、性器を扱かれる快感と、口内を犯される屈辱のすべてが重なり、貴志は身体をバウンドさせた。

「さっきより突っぱねてんじゃねえか。尿道責めは好みか？」

「……ぐ――……」

高笑いしながら男が金属棒で軽く尿道をいたぶってくる。

小さく硬い玉が奥へと挿《は》り込んでいた。貴志自身が絶対に触れられない粘膜をねっとりと執《しつ》拗《よう》に擦られる鋭い刺激に、涙がこぼれた。

苦痛がピークに達し、これ以上なにかされたら気が狂《くる》うというところまで意識が集中したところで、性器の裏筋を下から上へと嘘のように優しく撫で上げられ、急激に射精感が募《つの》る。

「んん、っ、……んっ……んーっ……！」

達しそうなことに気づいたらしい。男が唐突に身体の位置を変え、貴志の口を責め抜いていた性器を引き抜き、すぐさま顔を近づけてきて、舌を淫猥に挿し込んできた。

目と目を合わせながら唾液を伝わせ、くねる舌に絡め取られて、きつく吸われる。

硬い性器とはまったく違う柔らかで熱い舌の感触によるどうしようもない快感が、貴志の理性を根こそぎ崩す。

「イケよ」

「ん、ふ――……ぁっ、あ、あぁっ……！」

尿道に金属棒を挿し込まれたまま、体内が灼《や》けるような快感に抗えず、精液を放った。

勢いよく飛び出た精液は、貴志自身の胸どころか頬や眼鏡まで汚《よご》す。

異常な官能に支配された性器がびくびくっと跳《は》ね続けるたびに、埋め込まれた金属棒が幾度《いくど》も粘膜を妖《あや》しく擦り、狂おしい濃密な吐精《とせい》が続いた。

――頼む、もうやめてくれ、本当におかしくなる。

哀願《あいがん》は言葉にならず、荒い息を吐き出すので精一杯《せいいっぱい》だった。

「っはぁ、っは……ぁ……っ……」

「今度は俺の番だ」

男が笑い、自分のものを貴志の眼前で扱く。

大きく膨らむ亀頭は赤黒く染まり、つい少し前まで貴志が懸命《けんめい》に奉仕していた先端がいやらしくひくつき、濃く充血した粘膜が見える。

「いや、だ、いやだ……もう……もう、これ以上は……っ」

「ぶっかけてやる。口を開けてろ」

「……ッ……！」

言うなり男が息を吸い込み、性器の根本を強く扱いた。

目の前につきつけられた雄がびくんと跳ね、どろっとした大量の白濁《はくだく》が顔にぶちまけられた。

ひどく熱い滴を顔や眼鏡にかけられ、もうなにも考えられなかった。

自分のものと、男の精液で顔中を汚される恥辱は言葉にならない。

痺れっぱなしで開いていたくちびるの中へもつうっと垂れ落ちてくる濃密な精液を飲み込みながら、まだ茫然《ぼうぜん》としている貴志に向かい、男は笑って、シャツの胸ポケットから携帯電話を取り出した。

「知らない男に犯された気分はどうだ、気持ちよかったか？」

「……やめろ！　やめてくれ！」

眩《まぶ》しいフラッシュが何度も焚《た》かれた。それから、男が携帯の画面を突きつけてきた。

「見ろよ。初めてザーメンをぶっかけられたにしちゃ、いい顔をしてるじゃねえか。金属棒を突っ込まれたおまえのアレもちゃんと写ってる。ははっ、まだビンビンに硬いな。そんなによかったか？　男向きの身体かもしれねえな」

「貴様……、殺してやる！」

「できるもんならやってみな。てめえが男に犯された写真が世間に出回ってもいいならな」

「どうして俺の名前を知ってるんだ！」

「どうして？　そんなの当然だろ。ほら」

男がスラックスのポケットから貴志の財布を取り出し、ポンと放り投げてくる。

その拍子《ひょうし》に、免許証や会社のＩＤカードが散らばった。

「おまえ……もしかして……」

唖然と呟《つぶや》くしかなかった。

バーで、財布をすったのはこの男だったのだ。

篠原のことを探る貴志の後をいつからつけていたのかわからないが、財布をどこにしまっているかということを掴む程度の時間は、ずっと尾行していたのだろう。

そして、混雑した店内で隙を狙《ねら》い、財布をすって身元を調べ上げ、慌《あわ》てて店を飛び出してきた貴志を捕らえたのだ。

男が目を眇《すが》めてくる。達したばかりとは思えない威圧感《いあつかん》に、打ちのめされそうだ。

「明朝新聞の文芸部所属、貴志誠一。おまえの住所も勤め先も知ってる俺に楯突《たてつ》くのは得策《とくさく》じゃないぜ。おまえがこれ以上篠原のことを探るなら、おまえの人生をめちゃくちゃにしてやる。被害を食らうのはおまえだけじゃない。おまえの家族も同僚も友人も全員道連れにしてやる。俺の言葉を疑うか？」

疑うとも、信じるとも言えなかった。

こんな男は見たことがない。

出来心にそそのかされて篠原を追うべきじゃなかったと深く悔《く》やみ始めていた。

「……おまえ、誰なんだ……」

聞いたところで教えてくれるとは思わなかった。だが、なにか言わずにはいられなかった。

掠《かす》れた声で呟くと、男はばさばさになった髪をかき上げながら不敵《ふてき》に笑う。

篠原を探るなと言いながらも、誰にも媚《こ》びない、誰も信じていないことを窺《うかが》わせる強い笑い方がやけに胸に残る。

「俺の名前はリョウだ。これ以上の屈辱を味わいたくないなら、篠原には二度と近付くな」

貴志のシャツごとベッドを貫いていたナイフを抜き、リョウは頬に抜き身をあててくる。

それから、まだ茫然としている貴志のくちびるにゆっくりとキスを落としてきた。

陵辱《りょうじょく》していたときとはまるで違う優しい感触に、貴志は目を瞠った。

「帰りな、貴志。そしてその面倒な好奇心を黙《だま》らせな。もしもう一度会うことがあったら、今日よりも、もっと——死ぬよりつらい目に遭《あ》わせてやる」

耳たぶを齧《かじ》りながらの甘い囁《ささや》きに身体中が沸騰《ふっとう》する。

貴志は跳ね起き、裂かれたシャツをかき合わせて身繕《みづくろ》いもろくにできないまま、部屋を飛び出した。

リョウの吠《ほ》えるような笑い声がどこまでも追ってくるようだった。


寝ても起きても呻吟《しんぎん》する日々が続いた。

何度シャワーを浴びてもリョウに刻み込まれた熱を身体のそこかしこに思い出した。

とくに苦痛だったのが、食事の時間だ。

なにか食べようとするたび、リョウ自身のものを咥えさせられた感覚が鮮明に蘇り、吐き気を抑《おさ》えるのに必死だった。

彼のものの感触、弾力、味や匂いは強い屈辱とともに一生忘れられないものになるはずだ。

あれが起こったあとの二日間はなにも食べられなかった。

ただ水だけを飲み、三日目にしてやっと冷やした果物を口にすることができたが、それ以外は無理だった。

露骨《ろこつ》に頬が削《そ》げた貴志を目にした新聞社の同僚たちも、さすがに驚きを隠さなかった。

普段、めったに口を開くことがない影の薄い文芸部の部長ですら、「どうしたんだ」とびっくりした様子で声をかけてきた。

社会部のデスク、浅川もそうだ。

もともと細身にできている貴志が足下をふらつかせながら社外から帰ってきたところへ、偶《ぐう》然《ぜん》、一階のフロアで浅川と出くわした。

「おい貴志、なにがあったんだ？」

「……浅川か」

「ちょっと見ないあいだにずいぶんげっそりしてんじゃねえかよ。どうした、夏風邪でも引いたのか？」

「違う」

ぶつりと言葉を切って歩き出そうとしたところを、浅川が「待てよ」と腕を摑んできたことで、全身がぞくりと粟立《あわだ》った。

瞬時にして青ざめたのを浅川も気づき、「すまん」と謝りながら手を離してくれたが、身体の震えはそう簡単に止まらなかった。

――あの夜、あいつに暗い路地で俺は捕まった。どんなに暴れてもどうにもならなかった。

その後に起こった出来事を思い出すとたんに嘔吐《おうと》を催《もよお》す。

浅川が驚いているのにも構わず、口元を押さえてロビー奥のトイレに駆け込み、便器に顔を突っ込んで必死に吐いた。

朝から水と果物しか摂《と》っていないから、吐きたくても吐くものがない苦しさに、涙が滲んでくる。

——関わらなければよかった。好奇心なんか持たなければよかった。

胃がひっくり返りそうな痛みや苦しさがなんとか治まり、便器の水を流して洗面台に戻ると、あとを追ってきたらしい神妙《しんみょう》そうな面持ちの浅川がいた。

貴志は無言で顔を洗い、何度もうがいし、眩暈《めまい》が治まるのを待つために洗面台の縁《ふち》を摑んでしばらくじっとしていた。

「つらそうだな。ちょっと庭でも行かないか。外の風にあたったほうがいい」

「……浅川……？」

「よく効く胃薬がある。その前に少しだけなにか口にしたほうがいい。とにかく外に出よう」

傲慢《ごうまん》な浅川にしてはめずらしく落ち着いた声だ。

お節介《せっかい》など振り切ってしまえばいいと頭の片隅で思うが、反論するだけの気力が今はない。まだ頭の芯がくらくらしている。とにかく、どこかで少し休みたかった。

「……わかった、行く」

先をゆっくり歩く浅川について、社員の間で通称、『庭』と呼ばれるビル敷地内の休憩所へと向かった。

都内にある明朝新聞本社は三年前に建て替えられたばかりで、夜討ち朝駆けに挑《いど》み、社内に泊まり込むことも辞さない社員のためにリフレッシュできる空間をいくつか設けている。

『庭』もそうだ。

外からは見えない場所に本物の木々を植え、季節の花々も楽しめるようになっている。

適度な間隔で配置されたベンチに座り、貴志はほっとため息をついた。

「ちょっとそこに座ってろ」

浅川が言い、いったん社内へと戻っていく。

木陰《こかげ》にいるせいか、初夏の眩しい陽射しがほどよく遮《さえぎ》られている。

午前十一時という中途半端な時間のせいか、『庭』で休憩している者もまばらだ。

「中のコンビニで買ってきた。食べられそうなものだけ食べろ」

戻ってきた浅川がビニール袋を差し出す。

おにぎりやサンドイッチ、栄養食品などが詰まったビニール袋の中をのぞき込み、貴志は冷えたフルーツゼリーとミネラルウォーターのボトルだけもらった。

「それだけでいいのか?」

「いい。今は食べたくないんだ」

「それじゃ倒れるぞ」

「ああ、わかってる。自分の身体のことは自分がよくわかってる。……明後日にはもうちょっとマシになってるはずだ」

時間をかけてフルーツゼリーをゆっくりと食べている間、アイスコーヒーを飲んでいる浅川はなにも言わなかった。

空っぽだった胃がなんとか落ち着いたところで大きく息を吐き出すと、「ほらよ」と胃薬を渡された。

「あまり有名なメーカーのものじゃないんだが、よく効く。前に地方に取材に行ったとき、買ったんだ」

「悪いな、ありがとう」

ようやく礼を告げる余裕が生まれ、粉末の胃薬を水で飲み下した。

効果がすぐに現れるわけではないだろうが、ゼリーを食べたことで人心地がついた。

薬をもらった礼は言ったし、ひとりにしてほしかったのだが、浅川は席を立たず、渋面《じゅうめん》をつくっている。

「……まさか、本当に篠原警視のことを追ってるのか?」

篠原、という名前に頬が強張《こわば》った。

今一番思い出したくない名前だが、へたに口ごもれば浅川に突っ込まれる隙を生んでしまう。

どう答えようかと一瞬のうちに煩悶《はんもん》し、「まあ、……それなりにな」とどっちつかずの答えを口にした。

「ガードが堅い人だから、そう簡単に近付けない。なにせ相手はエリート中のエリートだしな。長期戦で粘《ねば》ってみるよ」

「そうか。俺の名前はもう出したか？」

浅川の問いかけにしばしためらったが、「ああ」と正直に答えた。

こんなことは隠しても、いつか絶対にばれる。

「篠原警視に電話をかけたとき、浅川の名前を出した。もう面倒なことになってるのか」

「いや、そうじゃない。一応、警視から確認の電話をもらった。おまえ自身が明朝新聞の社員だということはわかっていても、念押ししたかったようだ。猜疑心《さいぎしん》の強い人だからな」

「なにを聞かれたんだ」

「今、言ったとおりだ。貴志誠一というのは本当に明朝新聞の社員なのかということだ。俺は、そうだと答えた。『あの携帯番号は捜査用のもので外部には絶対に漏らすなと言ったはずだ』と叱責《しっせき》されたが、まあそれは想定内だ。俺は謝って、『どうしても貴志が教えてほしいとしつこくねじ込んできたから、仕方なかった』と本当のことを答えたら……」

「答えたら、……それで？　もったいつけるなよ」

浅川らしくない言葉の濁《にご》し方を問いつめると、浅川は首を横に振る。

「そうか、としか言われなかった。なあ、わかるか、貴志？　俺はおまえに極秘情報を漏らした。そのことで、篠原警視じきじきに、今回の捜査や報道から全面的に下りろと言われてもおかしくなかったんだ。でも、あの人はそれ以上なにも言わなかった。ということは、篠原警視が直接おまえに制裁《せいさい》を加えるかもしれない可能性があるんだ」

「制裁を……」

思わぬ言葉が数日前の悪夢を思い起こさせる。

貴志が電話をかけた直後に、彼はすでにあのリョウを手配していたのだろうか。

手回しのいい篠原にぞっとする反面、先の先を読むことができる彼の才能にも感心した。

篠原はやはりただ者じゃない。

政治家の生まれだから、いくらでも不正な手段を使って警視という座に上り詰めたのかもしれないという意地の悪い考えは以前からあった。

だが、情報を漏らした浅川を咎めることに時間を割くよりも、真っ先に突っ込んでくる貴志を予想し、口封じさせるためにリョウを裏で待機させていたのだ。

篠原の勘の良さや手際がいいことに、悪寒がする。篠原も普通じゃなければ、リョウはもっと凄まじい。正気の沙汰じゃない。

電話で話したときはあきらかに動揺していた篠原だが、今思えばあれも演技のひとつだったのかもしれない。

警視である彼の実家で起きた殺人事件に興味を持って、あれこれと探る人間は他にもいるはずだ。

篠原が怯《おび》えていると感じて好奇心を高めた貴志も含め、そういった者たちをうまいことおびき寄せ、狂犬のようなリョウに次々に潰《つぶ》させる——そんな計画にまんまとはまったのかもしれないと考えたら、胃がぎりぎりとねじれるような痛みが襲ってくる。

だが、その痛みを押し潰すほどの怒りが今の貴志にはあった。

「浅川は、本当に、篠原警視が制裁を加えるような人物だと思うか」

「実際のところはなんとも言えん。ただ、前にも言ったとおり、篠原警視は名家の生まれだ。それも桁外れの、な。家族の七光りを借りて、篠原警視は今の地位を築いたんじゃない。あの人は生まれつき天才だと聞いてる。小学校から警察学校までずっと首席にいた人だ。警視という立場上、もちろん市民の安全のために働くんだろうが、あの人ぐらいのクラスになると、意図的に事実をねじ曲げたり、他人を動かすことができる」

「だから、制裁も？」

「まあそうだ。ガセに近いレベルの話だが、篠原警視に近付くなとおまえに言ったのはそういう恐れもあるからだ」

気遣わしげな表情をしていた浅川が、一転してにやりと笑う。

「明朝新聞の元・社会部所属のおまえにうろちょろされると、こっちまで迷惑なんだよ」

「……携帯番号まで教えておいて、それか。会社に迷惑をかけずに自滅しろっていうのか？」

焚きつけるような言葉に、貴志も腹に力を込めて笑い返した。

やはり、浅川とは馴《な》れ合う仲じゃない。

浅川とは早々に袂《たもと》を分かっておいたほうがいいと判断し、貴志もあえてふてぶてしい態度を取った。

「卑怯《ひきょう》極まりない手を使うなら、最初から嘘っぽい親切顔なんか見せるな」

「おまえが突っ込んできたんだろうが。俺は止めたが、貴志が引かなかったから、篠原警視に繋がる番号を教えたんだ。自滅するなら、ぜひともそうしてくれ。ただ潰れる前に、いいネタはこっちに回せよ」

「誰がそんなことするか。篠原警視の立場が危うくなるようなネタを摑んだら、おまえら社会部を無視してすっぱ抜いてやる」

「滅相《めっそう》もないこと言うなよ、貴志。おまえは腐《くさ》っても明朝新聞の社員だろう。たかだかイチ社員のネタが紙面を飾るなんてのは無理だってことを、おまえもよくわかってるだろう。社会部の部長の許可ナシに記事を載せるのは絶対に無理だ。それともなにか、フリーランスにでもなって胡散臭《うさんくさ》い記事を書くか？」

「どういう手段で記事を出すか、浅川が想像しなくてもいい。俺は、俺なりのやり方で追う」

いつの間にか吐き気が消えていた。ありがたいことに、リョウとの間に起こった出来事への嫌悪感も薄れていた。

浅川に煽《あお》られたせいで意識が高揚しているのかもしれないが、性的な奉仕を無理強いされたぐらいで引っ込んでたまるか。

生来の気の強さと、なにがあっても失われない好奇心のおかげで、貴志は新聞記者として名を上げてきたのだ。

出世への道は現在ふさがれているが、こんなことで記者を辞められるかという意地が今の貴志を支えていた。

今大事なのは、誰かに媚《こ》びたり謝ったりすることで、エリート街道に戻る策を練ることじゃない。記者の直感に従って、篠原にまつわる薄暗いネタを明るみに引きずり出すことだ。

――殺されたわけじゃあるまいし。

息を吸いこんで、笑ってみた。今度は頬がひくつかずにすんだ。

せっかく篠原に近付き、リョウまでおびき出せたのだ。

浅川は、リョウの存在を知らないだろう。

たぶん、まだ他の誰も。

自分だけが篠原のきわどい部分に近付いているはずだという強い自信があった。

確証が取れているわけではないのだが、肌で感じる直感は怖いほどに当たることを、記者生活の中で幾たびか、貴志は味わっていた。

「ありがとう、この礼はまた今度な」

「おい、貴志!」

呼び止める声も無視して、貴志は手を振って立ち去った。

絶対に篠原の秘密を暴いてやる。そう考えただけで武者震《むしゃぶる》いがした。


翌日から早速《さっそく》、地道な聞き込みを始めた。

篠原のお膝元である白金台の住民に話を聞いて回るのは無謀中《むぼうちゅう》の無謀かと思ったが、先日、リョウと出会ったのも、ここらへんのバーをうろついていたおかげだ。

やはり、篠原の住んでいる場所にこそ、真実は隠されているはずだ。

旧家がずらりと並ぶ白金台は、他の地域と違って住民の入れ替わりがそう多いほうではない。代々受け継がれた土地と家を守り、暮らしていく人のほとんどがなんらかの要職についているか、莫大《ばくだい》な財産だけで裕福に過ごせるという、一般人とはかけ離れた感覚を持っている。

賃貸マンションもあるにはあるが、篠原のことをより深く知るのは、やはり古くからここに根付いている住人だろう。

表だって動くと、また篠原に目をつけられるかもしれないと危ぶみ、貴志は午前中の早い時間帯から動くことにした。

九時頃なら、警察は一日の始まりの会議に出ているケースが多い。

白金台の住民も、勤めがある者はすでに出勤し、家に残っているのは閑《ひま》を持て余す老人や、家政婦たちだけだろう。

「篠原さんのお宅についてお聞きしたいことがあるのですが」

「……申し訳ありませんがなにも知りません」

「ですが、ご近所にお住まいでしょう？　篠原さんのお宅のどなたかと、挨拶することぐらいはあるでしょう」

「ありません。お引き取りください」

身元を明かし、できるかぎりの笑顔で各戸にあたったが、どこも貴志が明朝新聞の記者だと知ると一様に顔を硬くし、ぴしゃりと扉を閉じた。

篠原家を囲む一帯は、異様な緊張感に包まれていた。そうそうたる名士がそろう白金台でも、篠原家は別格らしい。

表からは見えない場所で、相当の横繋がりがあるのだろう。篠原の祖父は名の知れた政治家だった。

すでに表舞台から引退しているが、彼の権力が未だそこら中に影響《えいきょう》を及ぼしているのだということは、貴志にもわかっていた。

――篠原家のことに関しては口封じするように命じられているんだろう。

真夏かと間違うかのような強い陽射《ひざ》しに、シャツの背中がじわじわと汗に濡れていく。

だが、貴志は粘り続けた。

どんな些細な情報でもいい。

篠原家を覆い隠すベールの切れ端《はし》さえ摑めれば、あとはなんとかなるような気がしたのだ。

昼前には一度、聞き込みを切り上げたかった。

事件発生から約二週間が経ち、この周辺をパトロールする警官もぐっと減ったが、篠原が極秘に自分の部下をどこかに張り込ませている可能性はおおいにある。

午前十一時を回った。

額《ひたい》に滲む汗を拭い、貴志は住宅地のはずれで足を留めた。

篠原の家はまだこのふたつ先の通りにある。

なにか冷たいものでも飲みたかったが、自動販売機が見あたらない。

今日のところは諦め、続きはまた明日にしようかと踵《きびす》を返しかけたとき、堅牢《けんろう》な煉瓦《れんが》を重ねて建てられた割合小さな屋敷から、ひとりの老人の男性が小型犬を抱えて出てきた。

白いハンチングを被った老人は薄緑の上品なシャツを身に着け、これから犬と散歩に出かけるようだ。

「こんにちは」

さりげなく声をかけると、老人はびくっとした顔で振り返ったが、すぐにこの土地の人間らしい無表情さに戻る。

横目で素早く家の表札を確認した。「長山《ながやま》」とあった。

「突然お声をかけてすみません。最近、このあたりで不審な人物が幾度か目撃《もくげき》されているとの情報を受けたので、お話を伺《うかが》っています」

「あんた――誰なんだ」

「明朝新聞の貴志と申します」

丁寧《ていねい》に頭を下げ、名刺を渡した。

ただし、文芸部の肩書きがついたものではなく、以前所属していた社会部の名刺を老人に渡した。

畑違いの人間がなぜ首を突っ込むのかと、刑事の白井や、篠原が口にした言葉を回避《かいひ》するためだ。

「……新聞記者か。私は、長山という」

名刺をしげしげと見つめている几帳面《きちょうめん》な印象の老人の腕の中で、ふわふわした毛並みの小型犬はおとなしくしている。

このタイプの犬種は警戒心《けいかいしん》が強く、甲高《かんだか》い声で吠えることが多いのだが、よほど老人に懐いているのか、黒目がちの目でじっと貴志を見上げてくる。

その従順さにふっと心がほぐれ、「……可愛いですね」と褒《ほ》めると、長山もわずかに口元をゆるめた。

「まあな。半年前から飼い出したんだが、気が小さくてな。一日中、私のそばを離れたがらないんだ。寝るときも一緒だ」

「そうなんですか。撫《な》でても……大丈夫ですか？」

「ああ、構わん」

犬を脅かさないように上体をかがめ、小さな頭をそっと撫でた。

主人の腕の中で犬は身を縮こまらせているが、貴志の優しい指先に安心したのか、おとなしく目を合わせてくる。

最近流行《はや》りの焦《こ》げ茶《ちゃ》の小型犬を、長山はさぞかし溺愛《できあい》しているのだろう。孫《まご》を見るような目つきだ。

「これぐらい小さいと、自力での散歩はさせないほうがいいと聞きますよね。体力もあまりないし、アスファルトの照り返しが小柄な犬種にはきついらしいと」

「そうなんだ。だから、まあこうして毎日一時間程度、こいつを抱いてそこらを歩くのが日課なんだ。私自身の散歩も兼ねてね」

「いいことですね。犬は規則正しいから、飼い主さんも自然と健康的な生活に変わっていきますよね」

「喋《しゃべ》りかけても、返してくれないのがやっぱり寂しいけどな」

「でも、おひとりで暮らしているならペットの存在は心強いですよ。身体が大きい小さいにかかわらず、生き物がいるだけで生活に張り合いが出ますし、目が離せませんしね」

「そうだな。人間の子どもと変わらん。こんななりをしていても、吠えるときは吠えるんだ。なあ、チロ」

骨張った老人特有の手で首筋を撫でられ、気持ちよさそうにしている子犬のチロはうっとりと瞼を閉じている。

今の会話で、長山がひとり暮らしだということを摑んだ。

妻はもうおらず、子どもがいたとしても、ここことは違う場所に住んでいるのだろう。

このへんの住民なら住み込みの家政婦がいてもおかしくないのだが、長山の場合、家事は自分でこなしているか、通いの家政婦を雇っているのだろう。

「このあたりに不審者が出没《しゅつぼつ》しているという噂ですが、愛犬と一緒に暮らしてらっしゃるなら、なにかあっても怖くありませんね。……不審者は、このふたつ先の通りにある篠原さんというお宅の周辺をうろつくらしいのですが」

「……篠原？　あの周辺を不審者が？」

長山の眉《まゆ》が曇《くも》ったので、またも口を閉ざされてしまうかと危ぶんだが、考え事をしているような顔に一縷《いちる》の望みを託《たく》すことにした。

百人に聞き回って百人がなにも答えてくれなくても、次の百一人目がぽろっと引っかかることを漏らすことがあるものだ。

気が遠くなるような聞き込みを続けられるかどうかという点が、優れた記者とそうでない記者をきっぱり分ける。

己の粘《ねば》り強さについては、貴志は自信がある。逸《はや》る心を抑《おさ》え、穏やかに長山に話しかけた。

「政治家を多く輩出されているお家柄ですから、妬《ねた》む輩《やから》も多いのでしょう。万が一のことがあってはならないので、警察も最近はかなり念入りにパトロールしているようです」

「この間、あそこで誰かが殺されたばかりじゃないか」

「え？」

「新聞記者のあんたのほうがよく知ってるだろう。二週間前の夕方だったか、ずいぶんと多くのパトカーが来ていた。どれもサイレンは鳴らしていなかったがな。このへんは静かだからな、立て続けに車が来るだけでわかる」

「あの……、ご存じなんですか」

まさか長山のほうから殺人事件のことを切り出してくるとは思わなかった。

しかも、サイレンを鳴らしていなかった、という目撃証言までしている。

二人も殺されているのに、集まったパトカーすべてがサイレンを鳴らしていなかったということは、誰かの指示——間違いなく、篠原の指示によるものだろう。

驚きを隠せない貴志に、長山は気難しそうな笑みを浮かべる。

「パトカーはランプも点けていなかった。ただ、何台も駆けつけて篠原の家の周辺を固めていた。私は遠くからこいつとそれを眺《なが》めていた」

「そばに行って様子を見てみようとは思わなかったんですか?」

「すでに多くの警官で道が封鎖《ふうさ》されていた。周りの家の奴らも黙って様子を見ているだけだった。もともと、ここはそういう土地柄だ。古くからのつき合いがあるだけに、余計なことには口を挟まないのが暗黙《あんもく》の了解《りょうかい》だ。——とくに、篠原家についてはな」

長山の声は平板《へいばん》だったが、その底に明らかな侮蔑《ぶべつ》がこもっているのを貴志は聞き取った。だが、そこを直撃すれば老人はもうなにも喋ってくれなくなるだろう。

彼が、やっと見つけた突破口だ。

なんとか、手がかりになるような言葉を引き出したい。

さほど重い空気にならないよう、それでいて重要な言葉が掴めるように、貴志は誠実さが滲み出るように真面目な顔つきを努めた。

「篠原さんのお宅で事件があったことは、確かに聞いています。ですが、詳細がわからないので、私たちとしてもなかなか……」

「難しいだろうな。まあ、篠原相手じゃ当たり前だ。事件があっても、家名を汚さないようにもみ消すだろうからな。前のときみたいに」

「前のとき、というと？」

長山は目を細め、物わかりの悪い子どもを見るような目つきを向けてくる。

理由はわからないが、彼が篠原家について好印象を持っていないのは確かだ。

「もう古い話だ。あそこで人が殺されたのは、私が知っているかぎりじゃ今回で二度目だ」

「二度目……、ですか」

医者と助手殺しの前にも、誰かが篠原家で死んでいたのだと知り、老人の冷ややかな目つきに背筋が寒くなる。

――篠原警視がリョウを使ってでも今回の件を伏せたがっているのは、過去があるからなのか。昔の事件というのは、どんな内容なんだ？　いったい、誰が殺されたんだ？

渦巻《うずま》く疑問を言葉にする前に、長山は醒《さ》めた顔で、「それじゃあな」と言う。

「立ち話が長すぎた。私は散歩に行かなきゃいかん」

「お引き留めして申し訳ありませんでした。……もしご迷惑でなければ、いずれまたお話を伺わせてもらえませんか？」

「断る」

乾《かわ》いた声で一刀両断《いっとうりょうだん》した長山は子犬を抱き、険しい顔つきで去っていった。

あとに残された貴志は少しぼんやりしていた。

だが、陽射しが先ほどよりも強くなっていることに気づき、急ぎ足でその場を離れた。

表通りに出てタクシーを拾い、六本木の交差点で下ろしてもらって裏通りにある喫茶店《きっさてん》に入ったところで、ようやくため息をついた。

冷たいおしぼりにしばらく顔を埋《うず》めていた。

クーラーが効いた店内で汗はすぐさま引いたが、身体の芯《しん》が熱く昂ぶっている。

「……二度目だったのか……」

篠原の家で人が死んだのは、医者殺しの前にもあったのだ。

初対面の長山の言葉を鵜呑《うの》みにするのは危険だが、結束が固い街で摑んだ唯一《ゆいいつ》のきっかけだ。

彼の証言を嘘だとすぐさま捨てるわけにもいかない。

アイスコーヒーを飲みながらぼんやりと窓の外を眺め、これまでに聞いた出来事を、頭の中でざっとまとめてみた。

医者殺しの前に起きた事件について、浅川はなにも触れていなかった。

ということは、事件そのものが報じられなかった可能性がある。

今回も、きっと表沙汰にしたくなかったのだろう。

しかし、事件が発生した時刻が夕方ということもあって、サイレンを鳴らさないパトカーが何台も駆けつけた異変に気づいた住民たちの口を封じきれなかったのだろう。

「だから……あのベタ記事か」

医者と助手が殺された、という情報がどこからか漏れ出ただけでも奇跡《きせき》だったのだ。

篠原家にとっては悪夢だろうが。

もしかしたら、発信源はあの長山かもしれない。

深追いして長山を窮地《きゅうち》に立たせるのは本意ではないが、頑《かたく》なに口を閉ざす周辺の家々が、篠原家の圧力に恐れをなしている事実も見逃せない。

「……よし」

アイスコーヒーを飲み終えたところで、貴志は携帯電話を取り出した。

今、話をしたい相手はひとりだけだ。

呼び出し音を四回聞いた。この回線はまだ生きているようだ。

留守電に切り替わるだろうかと案じた矢先に、『――はい』と不機嫌極まりない返事が聞こえてきた。

「篠原さん、明朝新聞の貴志です。大事なお話があります。今からお会いできませんか」

『話の中身は?』

見下すような声に、貴志も負けていなかった。

「今回で二度目、だそうですね?」

『あなたは、なにを……』

「会ってください。じかに話がしたい」

電話の向こうで絶句している篠原が目に浮かんだ。

怜悧《れいり》な顔を歪ませ、携帯電話をきつく握り締めているはずだ。

荒い息遣いまで聞こえてきそうだったが、それはさすがになく、しばらく沈黙が続いた。

『……一時間後に、これから指定する店に来るように。場所は一度しか言わない。誰にも漏らさないように』

「わかりました」

怒りを滲ませた声が告げる店の場所を急いで紙ナプキンに書き留めたところで、電話は一方的に切れた。

一時間後に大勝負が待っていると思うと、早くも喉が渇いてきた。


「それで、大事な話というのは？」

一時間後、渋谷にある喫茶店で顔を合わせるなり、挨拶も略した篠原がおもむろに切り出してきた。

愛想のかけらもなにもあったものじゃないが、こっちだって無駄な社交辞令《しゃこうじれい》で時間を潰す気はない。

ビジネスマンがそこかしこで打ち合わせをしているこの大型喫茶店は、男二人が顔をつきあわせていてもまったく浮かない。

篠原もそのへんを計算しているのだろう。地味な紺色のスーツを身に着け、どこにでもよくいるサラリーマンといった雰囲気をうまく演出していた。

高輪署で最初に顔を合わせたときの異様な威圧感は微塵《みじん》もない。

目と目が合ってもすれ違った瞬間に忘れてしまうような平凡さを装《よそお》える男に、貴志は内心舌を巻く思いだった。

篠原のように育ちがよく、知的水準も高い男を叩きのめすなら一気に核心に斬り込むべきだ。

「あなたのお住まいの近くをいろいろと歩いてみました。いいところですね」

「嫌みですか？　つまらない話で時間を無駄にしないでいただきたい」

鼻で嗤う篠原が綺麗に撫でつけた髪を指で梳《す》く。

その仕草に妙な引っかかりを覚えて、貴志は何度かまばたきした。

誰かを彷彿《ほうふつ》とさせる仕草が、篠原にはあった。

「どうしましたか」

「……いいえ」

怪訝そうな声の篠原に、貴志は首を振った。

声が違う。品格が違う。仕草もよくよく見ればまるで違う。

だが、篠原を内側から支える骨が、あの男とそっくりだ。

長山の話を持ち出す前に、確認したいことがひとつある。

それが吉《きち》と出るか凶《きょう》と出るかわからないが、とにかく聞いてみないことには気がすまない。

「先にひとつお尋ねしたいことがあります。リョウ、という男をご存じですか？」

「リョウ？」

カップを持ち上げた篠原の手が止まった。

「知りません」

あっけなく会話は終わった。

しかし、それまで尊大だった篠原の目に、緊張とも恐れともつかない感情が素早くよぎったのを貴志は見逃さなかった。

ホットコーヒーに口をつけた篠原は落ち着き払い、食い込む隙を見せない。

どこからどう見ても、リョウと篠原が重なる。

だが、すべてが違うとも言える。

リョウと篠原とでは、口調も、まとう空気も異なりすぎて、顔立ちがよく似た赤の他人だと言い切られたら反論できないが、貴志は言葉にはできない感覚でリョウという男を覚えている。

篠原の親類だろうか。

ただどこか雰囲気が似通ったまるっきりの他人だろうか。

「本当に知りませんか。……あなたと少し、雰囲気が似ている人を最近見かけたんです。ご親族のどなたかと思って」

「人違いでしょう」

篠原が即座に切って捨てたことで、またも会話は気まずく途切れる。篠原は嘘をついていないのかもしれない。

けれど、あまりの切り替えの早さを疑いたくもなる。

――すべてを疑ってかかるのが新聞記者の性《さが》だ。

「大事な話というのはそれですか？　だったら答えはもう出ましたよね。リョウという人物に心当たりはありません」

「待ってください。お聞きしたい話は、べつにあります。長山さんという方をご存じですか？　白金台の住人で、篠原さんのお宅から少し離れた場所に住んでいらっしゃる独居老人です」

「長山さんが、なにか」

「――本当かどうかわからない。でも、あながち嘘だとも思えなかったから、こうして篠原さんに直接お聞きしたかった。あなたの家で、人が殺されたのは今回で二度目だと聞きました」

篠原の眼鏡の奥の両目がぎらりと底光りする。

コーヒーカップを置いてゆったりと両手を組み、なにが言いたいのかというように軽く顎をしゃくってきたので、貴志も受けて立った。

「一度目の事件については、ウチの浅川でも摑んでいませんでした。もしかしたら、上層部は知っているのかもしれませんが、当然、極秘扱いになっているんでしょう。あなたに直撃したところで、そう簡単に真相を教えてもらえるとは思っていません。ですが、二度目にあたる今回の事件が外部に漏れ出ただけでも、篠原さんにとってはショックだったはずです。だから、わざわざ本庁から出向いてみずから陣頭指揮を執《と》っているんでしょう?」

「私はあなたのどんな質問にも答える義務はありません」

「構いません。ただ、あなたも私も、方向性は違えど、仕事柄、『物事のすべてを疑ってかかる』のが信条のはずです。あなたの生家で過去、殺人事件が起きたのか、なんとしてでも探り出してやる」

「この間も言ったようにマスコミはハエ以下の存在ですね。確証もないのに騒ぎ立てて、その長山さんも含めて、いたずらに周囲の人々を動揺させるのがあなたの仕事ですか。くだらない」

肩をそびやかして笑う篠原の澄ました顔を見ていると、どうにも神経がささくれる。

この男は今までずっとこんな鉄面皮で、さまざまな窮地を切り抜けてきたのだろう。

仮にも市民の安全を守る機関の人間なのだから、完全な悪人と決めつけるのは浅慮だろうが、自分たち――警察側にとって不都合な事件が起きたとき、情報が漏れ出ないようにいち早く動ける男だと思う。

――だからこそ、対抗してやる。本当のことを掴むまで追い続けてやる。もし、この勘《かん》が外れたときはそれまでだが、絶対にそんなはずはない。

煽られて熱くなったほうが負けだと己を戒《いまし》め、貴志は深く息を吸いこんで腹の底に力を込め、笑った。

「私たちマスコミがハエだのなんだのとおっしゃるのは自由です。人が暴かれたくない事実を表に引きずり出すやり方も、私たちの仕事のひとつです。モラルを超えた報道はどうかと思いますが――篠原さん、私はあなたを信じていません。たかが二人の人間が殺されたと言えば、それまででしょう。通り魔の犯行かもしれないし、名家である篠原家を羨《うらや》む者の仕業かもしれません。ですが、それならそれで、もう少し情報が出てもいいはずです。殺された医者にも助手にも家族がいるはずだ。彼らの口もすべて封じて、あなたは事件を闇に葬るつもりですか?」

「一介の新聞記者ごときが警察に刃向かいますか。なんなら、明朝新聞のトップにこの話をじきじきに持っていって、貴志さんの処分はもちろん、新聞社として報道を極力控《ひか》えるよう命じることが私にはできます」

「語るに落ちましたね、篠原さん。あなたの権力で多くの人間を黙らせる傲慢な行為ができることを、たった今、あなた自身の口で証明しましたね。なら、過去の殺人事件だって絶対にあったはずだ。それをあなたは知っていて、今も固く封印しているんだ」

篠原は無表情だ。

ゆったりと組んだ両手はそのままだが、青白さが際だつ両目は静かな憎しみを滾《たぎ》らせている。

これだけの反応が得られれば、今日のところは十分だ。

「失礼します。またなにかあったら電話します。あの回線は切らないでください」

伝票を持って立ち上がろうとすると篠原に止められたので、自分の飲み物代だけテーブルの端に置いた。

「貴志さん――あなたは私を追い詰めたいんですか」

今一度確認する篠原の声の底には、せっぱ詰まった響きが忍んでいた。

見ると、今にも激昂《げっこう》しそうな篠原の目とまともにぶつかった。

対抗するように貴志もまなじりを吊り上げると、わずかに篠原の瞳が不安そうに揺れたのは気のせいだろうか。

貴志は真剣な面持ちで、「いいえ」ときっぱりと言った。

「いいえ。私はただ、不当に隠された真実を知りたいだけです。それが私の仕事で、なすべきことです」

重苦しく黙り込んだ篠原に背を向けて、貴志は歩き出した。


「……疲れたな。なにか食べて帰るか」

篠原と別れてから、混雑した渋谷をあてどもなく歩き回った貴志は書店で数冊の本を購入したあと電車に乗り、下町方面へと向かった。

月島にあるマンションで暮らし始めてから、やっと二年になるだろうか。

大学卒業後すぐに実家を出て独り立ちし、給料が安定した去年、眺望《ちょうぼう》のいい月島のできたてのマンションを購入したのだ。

ひとり暮らしにちょうどいい2DKのマンションは、ゆったりした広さだ。日々大勢の人に揉《も》まれる新聞社で働く身としては、眠るときぐらい静かな空間が欲しかった。

マンション近くのこぢんまりしたフレンチレストランでワインを飲みながら食事を終えたのが、夜の十時。

都心に住む者としてはまだ宵《よい》の口《くち》といったところだが、貴志が住む、最近できたばかりの高層マンションが建ち並ぶ区域は、住民が多いわりに、人通りが少ない。

金曜の夜でも人気のない通りをほろ酔い気分で歩いた。

最寄り駅から歩いて十分という距離はちょうどいい。

そこかしこにまだ新しい匂いが残るマンションに入り、エントランスで専用キーを使って自動ドアを開けた。

刹那《せつな》、恐ろしいまでの殺気を感じて振り返ろうとしたが、一歩遅かった。

ぐるっと背後から腕が強く首に巻き付き、もう片方の手でくちびるをふさがれた。

「……ッ……!」

「騒ぐな」

振り向かなくても、獰猛な声で、背中に感じる熱だけで、誰だかわかった。

リョウだ。

「黙って部屋に向かえ」

「……っう……」

いつから、どこからつけられていたのか、まったくわからなかった。

気配を殺すのがよほどうまい男らしい。

貴志は必死にあたりを見回した。このマンションは警備も手厚く、エントランス付近には監《かん》視《し》カメラが設置されている。

だが、リョウはこのマンションの内部構造を前もって知っていたのかもしれない。

監視カメラの死角で貴志に襲いかかってきたのだ。

傍目《はため》には酔っぱらいが寄りかかっているようにも見えるような格好で貴志の自由を奪い、エレベーターを使わずに階段で二階の角部屋へ歩かせた。

どこまで知恵が回る男なのだろう。

いったい、何者なのか。

篠原と別れた直後から、彼の命令が下り、あとをついてきたのだろうか。

「さっさと鍵《かぎ》を開けて中に入れ」

頸動脈《けいどうみゃく》をきつく親指で摑まれ、貴志は激烈な痛みに呻きながら、震える指で鍵を開けた。

これといった武器がなくても、リョウは簡単に人を殺せる術を心得ているのだと思ったら、寒気がする。

室内に入ったとたん、ドンッと突き飛ばされてよろけた。

リョウは扉の鍵を閉め、靴を脱ぎ散らかして貴志の首を再び摑み、「リビングは奥か」と勝手に上がり込んできた。

リビングのソファに叩きつけられるようにして、ようやくリョウから解放された。

我が物顔で振る舞うリョウは部屋の灯りをつけて窓が開いていないか確認し、ご丁寧に遮光《しゃこう》カーテンをぴたりと閉じる。

あまりのことに呆けている貴志のジャケットを探り、携帯電話を取り上げて部屋の片隅に投げつけた。

それから、にやりと笑いかけてきた。

「防音設備が整った建物だということは知ってる。わめくなら自由にわめけ。おまえの家だからな。それぐらいの自由は許してやる」

「なんなんだおまえは！　いつから俺をつけていたんだ！」

「いつからだと思う？」

顔を突き出してくるリョウは以前と同じように髪をぐしゃぐしゃに乱れさせていた。

長い前髪が鬱陶しいぐらいに日に被っている。

「俺はずっと見張ってるんだ、貴志。篠原に近付くなとあれほど忠告したのに、簡単に破ったな。てめえのその耳は飾りか。削ぎ落としたほうがいいか?」

「っつう……、やめろ……!」

ギリッときつく耳を引っ張られて、貴志は必死に手足を振り回して抵抗した。

前回の接触で、リョウが冗談を言うような男ではないことを痛感している。ここでうっかり事がこじれてしまったら、耳を削ぎ落とすという言葉も本物になるに違いない。

「……頼むから、やめてくれ」

哀願するのは屈辱的だったが、掠れた声がリョウには心地よく聞こえたのだろう。

ねじり上げていた貴志の耳から手を離し、尊大《そんだい》に腕を組んで睥睨《へいげい》してくる。

ソファにへたり込んだ貴志の目に移るリョウは、やはり篠原とこのうえなく似ている。

スーツ姿に眼鏡が理知的な雰囲気を高めている篠原とは違い、リョウは闇にとけ込んでしまうような黒いシャツやスラックスという格好で、眼鏡はかけていない。

髪もばさばさで、口調も仕草も驚くほどに粗暴《そぼう》だ。

「リョウ……、だったよな。おまえ、篠原警視の……家族なのか? 親類とか」

「余計なことに首を突っ込むなと言ったはずだが」

「でも、似てるんだ。あの人と、声も、顔も」

「それがどうした。世の中には自分とそっくりな人間が三人存在するってよく聞く話だろ」

リョウは断りもなしに煙草をくわえ、こなれた仕草で火を点ける。

ここも、篠原とは違う。

あの男に喫煙癖《きつえんへき》はない。

直接会ったのはまだ二度しかないから、篠原のこと自体摑めていないのだが、彼から煙草の匂いを嗅ぎ取ったことはなかった。

リョウは室内のあちこちを見回し、キッチンカウンターに置きっぱなしだったコーヒーの空き缶を灰皿代わりにしている。

まだ力が抜けて立ち上がれない貴志の眼前に立ちふさがり、煙草をうまそうにくゆらせる姿は呆れるほどに堂々としていて、なぜか目が離せなかった。

殺しても飽《あ》き足らないほど憎いことをされたのに、リョウ独特の大胆不敵な行動はまるで先が読めないせいか、胸が逸《はや》ってしまう。

「今日も篠原さんの命令で俺をつけ回していたのか？」

「好きなように考えろ」

「どうして――なんでここまで徹底的《てっていてき》に篠原さんをかばうんだ。以前も……今回も、おまえのやっていることは違法もいいところじゃないか。篠原さんは仮にも警察の人間だ。そんな人がおまえみたいなヤバイ奴を雇ってるなんてことがばれたら」

「おまえ、みたいな？　ばれたら？　って、どういう言いぐさだよ。相変わらず上から目線だな。俺みたいな奴がいたってべつにいいだろ。てめえが首を突っ込んでこなきゃ、穏《おだ》やかに物事は進むんだよ」

口先を尖らせて煙を吐き出す仕草が妙に色っぽい。

前髪が深く被さっているせいで目の表情があまりわからないだけに、くちびるのわずかな動きに気を取られてしまう。

リョウが計算してやっていることなのかどうかわからない。

「篠原を探るな。俺は何度もそう念を押したはずだ」

低く落とした声に、――単なる雇われ者ではない、と確信した。金で雇われているだけならここまでの執心《しゅうしん》は見せない。

もしかしたら、桁違いの報酬《ほうしゅう》を約束されて雇われているのかもしれないが、そうした者特有のドライな感覚がリョウにはない。

標的と定めた者をどこまでも追いかけ、徹底的に叩きのめすという底知れない貪欲《どんよく》さを漂わせるリョウは、たぶん、篠原ととても近しい関係にあるはずだ。

容姿が似ていることも、きっとなにか理由があるのだろう。他人の空似という一言で片付けるわけにはいかないほど、似ている。

そのことはきっと、リョウもわかっている。

だから、貴志に探られたくないのだ。

「おまえ、篠原さんの血縁者なんだな」

「血縁者？」

「家族か、親類か。ここまで似ているおまえが、篠原さんにまつわることを伏せたがって、『赤の他人だ』と言うほうがおかしいじゃないか。筋が通ってない」

「面倒な奴だな。これ以上なにがしたい？」

「俺は絶対に黙らない。どんな手を使ってでも、おまえや篠原さんの正体を暴いてみせる。篠原さんがおまえみたいな奴を雇って、自分に都合の悪いことを封じようとしていることも」

声を荒らげると、煙草を吸い尽くしたリョウはちょっとびっくりしたように口を開き、可笑《おか》しそうに笑った。

「ここまで楯突く奴も初めて見たぜ。……そうだな。てめえみたいなバカはめったにいるもんじゃねえ。そりゃ篠原も動揺するだろうな。そのバカげた度胸に免じて少しだけ教えてやるよ。俺が篠原に雇われてるという点が、まず間違いだ。俺は俺の判断で動いている。篠原がどうしようもなくなったときだけ、な」

「どうしようもなくなったとき？　どういうことだ」

「『今回で二度目、だそうですね？』」

澄ました声のリョウに、思わず耳を疑った。

「なんでそれを……」

「おまえはそう言ったな？　その言葉で篠原を動揺させて渋谷で会った」

「なんで……どうしておまえが、それを知ってるんだ。篠原さんから聞いたのか」

「長山のジジイからつまらねえことを吹き込まれたおまえは、篠原に体当たりした。『過去にも事件があったはずだ』とあいつを揺さぶった。篠原は立場上、迂闊《うかつ》に真相を漏らせない。なのにおまえはそこに遠慮《えんりょ》なしに食い込んできた。真実を知るのがマスコミの権利だからとかなんとかって、くだらん理想を振りかざしてよ」

ソファの隅に縮こまる貴志を、リョウがじりじりと追い詰めてくる。

鍛えた両肩を盛り上がらせてゆっくりと近付いてくる姿は、獲物を前に舌なめずりする獣そのものだ。

「真実を世間にさらして、英雄《えいゆう》を気取るつもりか？　長山のジジイの妄言《もうげん》を疑うこともしないで、篠原の対処をなじった。なんの権限があっておまえはそこまでやるんだ？　正義面して、『隠された真実を暴いてみせる』なんて、本気で言ってんのか。できるわけねえだろ、そんなもん。片っ端から篠原と俺が潰してやる」

「なんなんだおまえは！　誰なんだ！　何者なんだ！」

「『私はあなたのどんな質問にも答える義務はありません』」

その声は、数時間前に篠原が発したものとまるで同じだった。

音程一つ狂っていなかった。

「──篠原は俺だ。俺が篠原だ。俺はあいつの一部だ」

覆い被さってくるリョウが優しい声音で囁く。

本気で人を食い殺す恐怖を味わわせながら、寸前で命乞《いのちご》いをさせることができる圧倒的な余裕と力を、リョウは持っている。

たとえどんなに命乞いしようとも、リョウを食い止めることはできないと頭の片隅でわかっていたが。

「篠原さんの兄弟、なのか……？」

掠れた声に、リョウの双眸《そうぼう》が苛立《いらだ》ちで燃え上がるのを間近に見た。

喉元をぐっと摑まれ、貴志が苦しさのあまり両手をばたつかせてもリョウはますます力を加えてくる。

「あいつの一部と言ったんだ。兄弟なんかじゃねえ」

「じゃあ、おまえは……！」

いったい何者なんだ、という問いかけに、リョウが両目に怒りを宿したまま、貴志をソファから蹴り落としてネクタイを乱暴にむしり取り、以前と同じように頭上に掲《かか》げさせてきつく拘束する。

「俺は言ったはずだ。もしもう一度会うことがあったら、死ぬよりつらい目に遭わせてやる、ってな。――犯してやる」

「……いやだ、やめろ……っ！」

床に敷いてある毛足の長いラグのおかげで背中が痛むことはなかった。

けれど、力の加減なしにのしかかってくるリョウの身体の重みや熱をきわどく感じ取ってしまうのがどうしようもなくつらい。

「高尚なことを言ってるてめえも……篠原も……一皮剝きゃ、同類なんだよ」

呟くリョウがシャツの胸ポケットからボックス型の煙草のパッケージを取り出し、軽く斜《なな》めに振る。

煙草を吸うのかと思ったら、違った。

パッケージの内側に入っていた極薄の赤いセロファンを慎重に手に取るリョウは、透明な両面シートを爪先で剝がして赤いセロファン部分を嫌がる貴志の口内の上顎に擦り付けてきた。

無味無臭のセロファンが唾液で溶けていく。

それを飲み込み、「……なんだ、これ」と声にした瞬間、びくっと身体が跳ね、思いきり心臓を鷲《わし》摑《づか》みにされたような感覚が襲ってきた。

「な……っ……！」

「極秘に開発された、最新の媚《び》薬《やく》だ。意識は飛ばずに浸透が早い。副作用もねえ。ただし、おまえの身体だけ暴走する」

「どう、いう、こと、だ」

「もうわかってるだろ？　ちょっと触っただけで、やたら反応する身体になるんだ。……ふふっ、頰を引っ掻《か》いただけでもう顔が真っ赤だぜ」

「そ、んな」

媚薬なんてあるものか。

あったとしたら、それは間違いなく違法ドラッグでしかない。だが、リョウの言うとおり、今のところ、意識はハッキリしている。

高揚していることはしているが、よくセックスドラッグをキメた奴から聞くような、『意識が蕩けてスパークするような感じ。自分がなにをしたかあとでまったく覚えてない』というものがまったくない。

貴志自身、一度も違法ドラッグに関《かか》わったことがないから、比較しようにもできないというのが本音だが。

「前回、俺にザーメンを顔面にぶっかけられたことは覚えてるな？　あのとき、おまえも弄《いじ》り回されて、最後にはイッちまったことを忘れたなんて言わせねえ。今日はもっと深みに連れていってやる。俺と、篠原に関わったことを後悔するんだな」

「な……な、に……し……っ」

いかがわしい薬を飲まされたせいか、四肢《しし》に力が入らず、ろくな反抗もできない。

なのに、身体に触れてくるリョウの指や吐息の熱さを異常なまでに感じ取ってしまう。身じろぎすることもできない貴志から、シャツやスラックス、下着を剝ぎ取っていくリョウが楽しげに笑っているのが悪い夢みたいだ。

いっそ、夢であってほしい。

悪い夢だとしても、いつかかならず覚めるものだと約束してもらえるなら我慢できるが、今、自分の身体に起きていることはまぎれもなく現実だ。

「最初は、ここだ」

腰のあたりにまたがったリョウが、裸の胸の上に手をかざす。

皮膚に触れるか触れないかという近さで空気を柔らかなクリームのように扱い、ふわりとかき混ぜるみたいに手を動かした。

その微妙な空気のぶれさえ、貴志は信じられないほどに鋭く感じてしまう。

ただ、リョウの手のひらと自分の胸の間でわずかに空気が動いただけなのに、熱く凝《こご》った快《かい》感《かん》がじっとりと肌を湿《しめ》らせ、ざわめかせる。

「う……ぅ……」

「思ったよりいい感度だ。これなら楽しめそうだな」

くくっと低く笑うリョウは時間をかけて胸の周囲を撫で回し、針《はり》で刺されるような痛みにも似た快感をだんだんと中心に集めていく。

不思議な手の動かし方に貴志は惑《まど》い、汗を流した。

そんなところを触れられたってどうなるのか、という疑問のほうがまだ大きい。

「胸……なんか……」

「感じる奴は感じるようになるんだ。貴志、てめえを淫乱《いんらん》にしてやるよ。乳首を弄られないとイケねえぐらいの身体にな」

「……ッぁ……！」

小さく尖った乳首の根本を軽くつままれた衝撃に、たまらずに声を上げた。

リョウの指に挟まれた胸の先端が充血し、ねじられるたびにコリコリとしこっていく。

過敏すぎる肉の芽が育っていくような錯覚に、早くも射精感が募るとはどういうことなのか。

根本に食い込む硬い爪《つめ》の感触すら、おぞましい快感へと繋がっていく。

――知らない、こんな感覚は一度も味わったことがない。いったいなんなんだ？

ずきずきと物憂《ものう》い痛みを孕んだ乳首を、軽く、ゆっくりとこねられるだけで神経の一部がぐずぐずに蕩《とろ》け、懸命に口を結んでいないととめどなく喘《あえ》いでしまいそうだ。

「知らなきゃよかったって思うほどの快感だろ」

ふっと笑うリョウが真っ赤に突き出した貴志の両方の乳首を代わる代わる押し潰し、再び煙草のパッケージを取り出した。

今度はそこから、小さな黒い輪ゴムが出てきた。リョウは煙草のパッケージにさまざまなものを隠し込んでいるらしい。

「今、おまえが味わってるのは単なる余興《よきょう》だ。本当の快感がどんなものか、教えてやる」

「い……、いやだ、やめろ、やめてくれ！」

輪ゴムでなにをされるのか、まったくわからない。

だが、その道具で辱《はずかし》められるだろうということだけはわかっていた。

暴れようとしたが薬の効き目は十分に現れており、意識はしっかりしているものの、身体の自由はまるで失われている。

こんなやり方で追い詰められるなんて、生まれて初めてだ。

リョウが次になにをするのかわからず、きょときょとと落ち着きなく目を動かすのが精一杯だった。

「なにするんだ、リョウ！　嫌、いやだ、やめろ……っぁあ、あ、あ……！」

くびり出された乳首の根本に黒い輪ゴムを巻かれたかと思ったら、ギュッと勢いよく締め付けられた。

「あ、あ、ッ、ん、うっ」

伸縮性のきつい輪ゴムで血流をせき止められ、ほんのりと色づいていた乳首が一気に熟《う》れていく。

それだけでも気を失うほどの屈辱なのに、リョウが薄笑いを浮かべながら、舌先でチロチロと舐め始めた瞬間、自分でもどうかしていると思うほどの声が漏れ出てしまった。

「……や、や、だ、……っやめ……っ……」

「真っ赤に腫らしてる奴の言うことか？　いい噛み具合じゃねえか。エロいよなぁ、てめえも。俺みたいな男にたった二度触られたぐらいで、ここまで感じるのかよ」

「それは、ちが、――ん、ぁ……っ……ぅ……っ！」

頭を振って否定したかったのに、薬のせいで首もろくに動かない。

だけど、神経という神経はかつてないほどに鋭敏《えいびん》に研《と》ぎ澄《す》まされ、誰にも触れられたことがない――それこそ貴志自身、こんな感覚があったなんて知らなかった脆《もろ》い芯《しん》を直接いじくり回されて、強烈な快感の虜《とりこ》になってしまいそうだ。

「いや、だ……もぉ……ぁ、や、め……っ」

熟れきった赤い実のような乳首を鋭い犬歯で噛みまくられ、くちゅくちゅと上下の歯で扱かれ、舐めしゃぶられる快感に涙を堪《こら》えるのがつらかった。

女なら、胸を触られて感じても当たり前かもしれないと思えたはずだ。

だが、男である自分がなぜこんな辱めを受けなければいけないのか。

「さわるな――……もう、もう、やめてくれ……！」

「男の俺に胸を弄り回されて、そんなに嫌か？　教えてやるよ。貴志、てめえのココは俺みたいな男を愉《たの》しませるためにあるんだよ。もっと乱れろ、もっと感じてよがれ。どこのバカが男

に胸を噛まれて感じる？　――認めろよ、貴志。てめえ自身のバカさ加減をよ。おまえが首を突っ込まなかったらこんな目に遭ってなかったんだぜ」

「……わかった、から、頼む、もう……っはずし、て……くれ、噛むな……！」

「乳首を弄られて、こっちもガチガチにおっ勃ててる奴の言うことなんか、誰も信じねえよ」

「ん――は、ぁ……っ、……く……ぅ……あ、あ……」

平らな胸を鷲摑みにされて窮屈《きゅうくつ》に揉まれた。

ぐっ、ぐっ、と男の親指が胸にめり込むたびに新しい疼きをそこに宿されて、貴志はしゃくり上げた。

輪ゴムで締め付けられた乳首をさらに親指でせり上げられるときがもっともつらくて、達してしまいそうなほど気持ちいい。

「ゆび、……ぃ……はなせ……っ……」

怪《あや》しい薬を飲まされて無理やり昂ぶらされ、胸を弄られただけで絶頂に達するなんて自分が許せない。

涙混じりに懇願すると、指痕がつきそうなほどきつく揉み込んでいたリョウが、いきなりその気をなくした顔で手をパッと離した。

「あ……」

とたんに襲いかかってきた物足りなさと猛烈《もうれつ》な疼きに負けて、先に声を上げたのは貴志のほうだった。

輪ゴムでぎゅうぎゅうに締められた乳首は甘く淫蕩《いんとう》に痺れっぱなしで、ピンと淫らにそそり立っているのが自分でもわかる。

下肢も同様に突っぱね、解放したくても自由にできない暴力的な熱が身体の奥底で激しく渦巻いていた。

制御できない力と快感を体内に抱え込み、貴志は必死に歯を食いしばった。

あとひとつ、なにかされたら本気でおかしくなる。

気が狂う。

揺れる心をリョウは確かに見抜いていたのだろう。

ろくに腰も動かせない貴志の痴態《ちたい》を余すことなく見つめ、ひくひくと濡れた先端をもたげるペニスに顔を近付けた。

「……あ……あ……」

形のいいリョウのくちびるの合間からつうっと垂れる生温かい唾液が、ひくつく亀頭の割れ目にこぼれ落ちる。

見てはいけないものをこの目で見てしまった罪悪感《ざいあくかん》と快感は凄《すさ》まじく、貴志の理性は粉々《こなごな》に砕《くだ》け散った。

直接舐められているのではない。

だが、垂れ落ちる唾液で濡らされるというだけでも、たまらなく気持ちよかった。

じんわりと身体の奥深くまで染み込んでいく熱に、今だけは、自分の立場や、理性、罪悪感といったものすべてを忘れて快感に耽ってしまいたかった。

唾液を這わされるだけでこんなにも気持ちいいのだから、直接触られたらどうなるかわからない。

「……ン……ぁ……は……ぁっ……」

声の質が変わり出したのを敏感に聞き取ったリョウが、唾液でたっぷり濡らした指を裏筋から敏感な陰嚢《いんのう》へ、それから熱く湿る窄《すぼ》まりへとゆっくり下ろしていく。

皮膚の表面に触れているのは、ほんの指先だ。

なのに、焼け火箸《ひばし》を当てられたかのような快感がほとばしり、貴志の意識を蕩かす。

貴志の身体が、少しずつ少しずつ、柔らかく開いていく変化を愉しむかのように、時折くちびるを意味深に舐めるリョウは、薬の効果で窄まりの強張りがさほどないことを確かめると、深く覆い被さってきた。

胸を荒く波立たせる貴志に、リョウはくちびるが触れそう距離で囁いた。

「乳首以上に感じさせてやる。俺の指の味を覚えるんだ」

「や……や……っ……あ……あ……！」

初めて肉の奥を開かれていく感覚に、貴志は無意識に涙をこぼしてのけぞった。

すうっと挿ってくる指はねっとりした熱い肉を絡ませて、しっかりと一度そこで留まる。

「挿ってるのがわかるか？」

「……ッぁ……」

なにも言えず、貴志はただがくがくと頷《うなず》いた。

身体の真ん中を炎《ほのお》の芯で貫《つらぬ》かれているみたいだった。

ちょっとでも指を動かされたら内側が蕩けるか引きつれるかして、叫び出してしまいそうだ。

リョウがくちびるの表面をぺろっと舐めてくる。それと一緒に、指をずるっと素早く引き抜き、今度は二本まとめてずくずくと押し込んできたことで、全身が総毛立つほどの快感に呑み込まれた貴志は悲鳴を上げる隙すらなく、射精した。

反り返ったペニスから白濁が飛び散り、肌を汚すまで、リョウはもう少し時間がかかると思っていたのだろう。

だが、貴志が薬に弱く、敏感な体質だとわかると、さも可笑しそうに声を上げて笑い出した。

貴志はもうなにがなんだかわけがわからなかった。

自分の痴態を激しくなじり、リョウを罵倒し、悔し涙を何度も飲み込んだ。

こんな無様な姿をさらすぐらいなら、いっそ殺されたほうがましだ。

「殺せよ、……こんなことは……もう、……嫌だ……俺が目障《めざわ》りなら……殺せ！」

「誰がそう簡単に殺すかバーカ。俺の指を気持ちよさそうに咥え込みながらイく男の言うことを誰が信じるんだ？　ははっ、ここまでおかしくなるなんて計算外だぜ。貴志……いいぜ、おまえの中、熱くて蕩けそうだ。指よりもっと硬くて太いモノを挿れたら、てめえ、悦《よ》すぎて気が狂うんじゃねえのか」

「んはっ、ァ、ハッ、ァ」

「聞くまでもねえか。挿れてやるよ、おまえの中に。貴志、意識はしっかりしてるんだろ。男の俺に犯される屈辱と快感を死ぬまで忘れるなよ」

太く勃ち上がった己の根本を摑むリョウが舌なめずりする。

「なにがあってもてめえだけは殺さねえよ。ただし、死にたいと思うほどの屈辱は何度も味わわせてやる。でも、おまえは絶対に死ぬことができねえよ。なんでかって……」

「あ、ぁ――や、ぁ、あぁっ、あぁっ」

屈強な男根に挿し貫かれる間、貴志は息を吸うこともできなかった。

さっきの指とは比べものにならないほどの圧迫感と熱が容赦《ようしゃ》なく突き込んでくる。

「……なんでかって、生きてりゃ、狂うほど気持ちいいセックスが俺とできるんだからな。動くぜ、貴志。何度でもイけよ。溜まってるものを全部吐き出せ。みっともないザマを俺に全部見せるんだ」

ぎっちりと腰骨を摑んだリョウが膝立ちで激しく突き上げてきた。

快感を覚えたての未熟《みじゅく》な肉襞が引きつれ、よじれて涎《よだれ》を垂らし、貴志の意思とは裏腹にリョウを引き留めようとしてどこまでも熱くなる。

激しい抜き挿しを繰り返されるうちに、自分では絶対に触れない肉洞の上部がふっくらと腫《は》れていく。

そこを、リョウの大きく張り出した亀頭でしつこく擦られると、どう抑えても断続的に声が漏れ出てしまうほど気持ちよかった。

「ンぁ……は……ぁ……っ……」

リョウが言ったように、意識は残酷《ざんこく》なまでにくっきりとしていた。

笑いながら犯してくる男への憎悪が喉を突き破り、彼の心臓を抉ればいいのに。

だけど、実際に貴志の口から漏れ出るのは自分でも聞くに堪《た》えないほどの物欲しげな掠れた喘ぎだ。

リョウに揺さぶられ、長大なものを最奥まで受け入れていること自体許し難《がた》いのに、おぞましいこの肉の交わりが狂おしいほどに甘美《かんび》だった。

男を知らない身体のはずなのに、薬で無理やり眠りから目覚めさせられた欲情が暴れ、貴志を底なしに飢《う》えさせる。

「ん――ン、くぅ、……んん、っん、……っ……」

「もっと欲しいのか。腰、揺れてるじゃねえか」

「ん……ぁッ……！」

両膝を強く摑まれて、ほぼ真上から突き込まれる深い興奮《こうふん》に身悶《みもだ》えた瞬間、輪ゴムできつくねじり上げられていたままの乳首をそっとつままれたことで、背筋がたわむほどの快感にまた達した。

もう、乳首も性器のひとつとして育ちきってしまったのだ。

乳首を触られるだけで達する身体になってしまったことを断じて認めたくなかったが、指先で優しく転がされるだけで喘《あえ》ぎが漏れ、身体のずっと奥深いところに淫蕩な火が灯《とも》る。

少しでも油断すれば、終始喘ぐだけの存在になり果ててしまいそうだ。

潤《うる》んだ最奥をリョウ自身に突かれ、歪《ゆが》んだ快感はますます輪郭を強め、貴志を追い詰めた。

「……く……！」

硬度を保ったままの性器からびゅくっと飛び出た精液は貴志自身の顔にもかかり、涙も汗もぐしゃぐしゃに入り混じる。

「……ころせ、よ……も、ぉ、やめろ……こんな……殺せ……」

「いい顔だ。今日の顔も撮っておくか。せっかくのハメ撮りだしな」

「……畜生、やめて、くれ……！」

ずっぷりと繫がったまま、リョウが携帯カメラのシャッターを何度も切る。

途中からムービーに切り替えて、泣きじゃくりながらも身体を火照《ほて》らせて何度も達する貴志の顔や濡れた顔、恥部のすべてをリョウは記録していた。

●REC

笑いながら。突き挿れながら。

自分は達することなく、ただひたすら貴志を貶《おとし》めることのみに精魂《せいこん》傾けるリョウの正気を今さら疑ってももう遅い。

「まだまだイかせてやる。死ぬことを忘れるぐらいよがらせてやる」

リョウは初めての交わりでとめどなく潤《うるお》う肉の襞《ひだ》の重なりをじっくりと味わい尽くすかのように、ずるく、ゆるく腰を使い出す。

死ねないなら、気を失うぐらい許してくれてもいいじゃないかと怒鳴りたかったが、リョウを罵倒しようとする声は片っ端から切なく掠れていってしまう。

「いいか、これでわかっただろ。篠原を二度と追うんじゃねえ。ハメ撮り以上のリスクを背負いたいか？　……そんなのあるかって顔、してるな。あるんだよ。世の中にはこれ以上にタイトな場面がよ。貴志、てめえは俺に犯されるぐらいで引き下がっておけ。てめえみたいな奴が絡んでくると余計に厄介なことになるんだ」

「……いや、だ、絶対、に……」

何度達しても薬の効果は絶大で、なお疼く最奥を突かれる快感に身体をよじらせながらも、貴志はぎりっと奥歯を噛み締めた。

とめどない官能に沈みそうな意識をぎりぎりのところで食い止め、リョウの暴力に屈さないことを何度でも自分に誓《ちか》ってやる。

身体が暴走しても、心までは奪わせない。

どんなに涙を流したとしても、陵辱されても、心を折れさせることはしない。

そんなことを、この男に許したくないという意地が、最後の最後に残った。

力ずくでねじ伏せようとしてくるリョウだけには、絶対に屈したくない。

「……絶対に、逃がさない……」

「なんだって？」

瀬戸際《せとぎわ》の反撃に、リョウはぎょっとした顔だ。

「絶対に……俺は、引き下がらない……おまえが、俺をこんなふうに、貶めても……俺は、だまらない……しのはら、を、どこまでも、……おって、やる」

「そんなに死にたいか」

「……ころせよ……」

剣呑《けんのん》とした切り返しに、貴志は怯《ひる》まなかった。

同性に犯されるという屈辱は、たぶん死の間際まで鮮明なはずだ。

だが、ここまで篠原をかばうリョウという男の本性を知りたい。

リョウという獣《けもの》同然の男を世に放つ篠原の真意を知りたいという飽《あ》くなき好奇心が、今や貴志を生かし続ける唯一の燃料だ。

「殺したいなら……ころせ、いま、すぐ……っ……」

嗄《か》れた声でそれだけやっと言うと、頬を強張らせていたリョウが無理やり笑う。

交わることで互いに密着して擦れ合う皮膚や体毛も汗と精液でどろどろになっていたが、リョウは厭《いと》うことなく、貴志の放ったものを指ですくい取り、強引に口の中に押し込んできた。

長い指にまとわりつくぬるっとした液体を、貴志はえずきながらも舐め取った。

「舐めろ、おまえの味だ。前より濃いな。望みどおり、やり殺してやる」

ぞっとするほどの凶暴《きょうぼう》な声だった。

時間の観念も失うほどの長い間、そうやって貴志はリョウの熱い身体の下で泣かされ続けた。

タフなリョウが何度も挿ってきて抉り、揺さぶってくる時間が永遠に続くような気がした。

——それでもいい。

汗だくの肌をぶつけ合う間に、そんなふうに思うようになっていた。

リョウはけっして自分を殺さない。死ぬのが生ぬるいと思えるぐらいの肉の制裁を加えることで口封じをしようと企《たくら》んでいるのだろう。

リョウ自身が開き始めたこの身体の荒《あ》れた疼きは、リョウにしかなだめられないことを、貴志も凄まじい快感の底で気づいていた。

篠原のなにがそこまでリョウを惹《ひ》きつけるのか知りたかった。

誰とも分かち合ったことがない深いぬかるみのような快感を、貴志はリョウに征服《せいふく》されることで知り始めていた。

自分で自分の首を絞めているとわかっている。

けれど燃え盛《さか》る好奇心は、尽きそうになかった。


篠原《しのはら》にまつわる出来事を暴《あば》いてみせる。

彼がなにを隠したがっているのか、全部摑《つか》んでやる——そう息巻いたのはいいが、相手もだてに警視《けいし》という肩書きを背負っているわけではない。

フルスピードで事件を追いかけ始めた貴志《きし》に脅威《きょうい》を感じてか、一度ならずとも二度、三度、明朝新聞《みょうちょうしんぶん》の上層部に圧力をかけてきた。

以前なら、『事を荒立てないように』と上司からやんわり釘《くぎ》を刺《さ》すだけに留められていただろうが、リョウに犯されて二週間後、社会部の局長である本谷《もとや》に、貴志は直接呼び出された。

一時間以上にわたって激しい叱責《しっせき》を食らった貴志は肩を落とし、社内の『庭』のベンチに力なく腰掛けた。

『二度と篠原警視の周辺をうろつくな。捜査の邪魔《じゃま》になると篠原警視本人から苦情が入ったんだ。勝手な行動は謹め』

『そんな圧力を真に受けるんですか？　警察の人間の不正を黙《だま》って見過ごせと本谷局長はおっ

しゃるんですか』

『貴志、おまえは入社何年目だ』

『八年、になります』

『バカのとばっちりを食らって文芸部で冷や飯を食わされる悔《くや》しさを、定年まで続けたいか』

本谷局長の苦々しい声を、貴志は茫然《ぼうぜん》と聞いていた。

四十代の若さで局長というポストに就いた本谷は、貴志が元・上司の巻き添えを食らって冷《れい》遇《ぐう》されそうなときもぎりぎりまで味方になってくれ、実際に異動させられたあともそれとなく気遣ってくれた人物だ。

『事件に大小はない。どんなに小さな事件でも情報をかき集めろ。大きなヤマほど見失うものが数多く出てくる。情報のプロが情報に踊《おど》らされるな』

社会部に配属された当初、本谷に言い渡された言葉を、貴志はずっと守ってきた。

入社以来所属していた政治部では、国と国が動くようなもっと巨大な力がぶつかり合う場面を何度も見てきたせいで、知らずと自分にも力があると勘違《かんちが》いし、天狗《てんぐ》になっていたのだろう。

若い記者らしい浅はかさを一目で見抜き、『雑多《ざった》な事件を扱《あつか》う社会部を舐《な》めるな』と一喝《いっかつ》してきた本谷に、貴志は感銘《かんめい》を受けた。

新米刑事のごとく自分の足を使って情報をかき集め、真贋《しんがん》を見抜く目を磨《みが》いてきたつもりだった。

今は残念ながら文芸部に異動させられているが、『いずれ、機会を狙《ねら》っておまえを呼び戻す』と言ってくれた本谷局長に全幅《ぜんぷく》の信頼を寄せていただけに、今回の突き放した言葉はさすがに堪《こた》えた。

「……もう、俺もここまでか」

呟《つぶや》き、貴志は両手で頭を抱えてうつむいた。

夏の夕暮れは長く、じわりと汗でシャツが濡《ぬ》れていく。

あの本谷がここまで露骨《ろこつ》に足止めをしてくるなんて、過去一度もなかった。

政財界の重要人物が不正に関わる事件を扱うとき、誰もが好奇心《こうきしん》と不安に苛《さいな》まれたものだが、本谷の『世間に真相をぶちまけろ』という号砲一発《ごうほういっぱつ》で全員が奮起《ふんき》した。

もちろん、貴志もそのひとりだった。

だが、その本谷にさえ見放された。

本谷はゆくゆくはもっと上に行くと噂《うわさ》されている実力者だ。彼の庇護《ひご》が受けられなければ、事実上、明朝新聞での貴志誠一という人間は文芸部にも所属することができず、近いうちに抹消《まっしょう》される。

それもつらいが、貴志をさらに悩ませたのは、篠原の権力の前にあの本谷でさえひれ伏したという現実だ。

社会部のトップが黙るというのは、明朝新聞自体が口を閉ざすと決めたということだ。

——そんなことがあっていいのか？　確かに、政治部にいたときでも大物が関わる事件の情報をどう出していくかという話し合いで揉《も》めたことは何度もあった。表沙汰《おもてざた》にされたらまずい事実を権力者が握《にぎ》り潰《つぶ》してきた場面を、俺も見てきている。でも、今回は人が死んでいる。しかも、中心人物は、警察関係者のトップクラスだ。篠原警視は家柄を気にして医者が殺された事実を隠したいのか？　医者自身と深い繋《つな》がりがあったのか？　そもそも、犯人は誰なんだ？長山さんが呟いた『二回目だ』という言葉の裏にはなにがあるんだ？　リョウはなんのために暗躍《あんやく》しているんだ？

考えれば考えるほど混乱し、みずから正しい道筋から遠ざかっていってしまう錯覚《さっかく》に陥《おちい》った。ぐしゃぐしゃと髪をかき回した。

自分が進む道ぐらい自分で決めたい。本音はそうだが、明朝新聞を辞《や》めさせられたら、正式な肩書きを持った新聞記者として、この事件を追うことができなくなってしまうことが貴志を悩ませた。

いっそフリーランスの記者になって、事件を追いかければいいと簡単に言う者もいるかもしれないが、この世界はそこまで甘くない。

大きな組織から弾《はじ》き出された者はそれなりの面倒ごとを背負っていると判断し、誰も手を貸してくれないというのが実情だ。

「……どうすればいいんだ……」

「おい、貴志」

不意に呼びかけられたのと同時に、うつむく視線の先に長い影《かげ》が落ちた。

社会部デスクの浅川《あさかわ》が、仏頂面《ぶっちょうづら》でアイスの缶コーヒーを差し出していた。

「夕方だからってまだ陽が強い。熱射病になるぞ。飲め」

「……浅川。本谷さんから話を聞いたのか？」

本谷との話し合いは社会部の部署内ではなく、個人的な打ち合わせをするための別室を使ったので、他人が耳にしているはずはない。

けれど、浅川は現在、本谷の一番近いところにいる男と言われている。

文芸部に飛ばされるまでは貴志がその立場を務めていたのだが、たかがこの一、二か月程度で状況はがらりと変わってしまった。

「そうか。もう七月になるのか……」

時間の流れをあらためて確認する貴志の隣に、「どうした？」と言いながら怪訝《けげん》そうな顔の浅川が座る。

篠原家の事件に興味を持ち始めてから、時間の感覚がおかしくなってしまったみたいだ。

日々新しい情報を届ける新聞記者、という職業に就いていながらも閑職《かんしょく》に追いやられてしまったため、神経の一部が麻痺《まひ》してしまったのだろう。

だが、どんなに腐《くさ》っても記者魂《きしゃだましい》は捨てきれず、閑《ひま》になったぶん有り余った精力を篠原の事件に突っ込んだのだ。

「本谷さんが、おまえに待ったをかけたらしいな」

「もう、出回っているのか、その話」

「いや、直接聞いたのは俺だけだ。他の奴らはすでに篠原家の事件のことなんか忘れてる」

「忘れてるふりをしているだけなんじゃないのか」

「かもな。貴志、おまえが言ってることは間違いじゃないと俺も思う。でも、東京に本社を構える新聞社ですらどうにもならない事実があるんだ」

「浅川は、なんのために記者をやってるんだ。なにを目指して新聞記者になったんだ？」

乾《かわ》いた声で事実をうやむやにしようとするのかと、浅川を睨《にら》み据《す》えた。

「本谷さんがあんなことを言うとは思わなかった。現場主義を徹底《てってい》して叩《たた》き込んでくれたのはあの人じゃないか。浅川、おまえは学生時代、戦地ジャーナリストだったんだろう。当時のおまえが書いた記事は俺も読んだことがある。内戦の詳細が肌に伝わってくるようないい記事だった。でもあれは、国のお偉《えら》いさんに気に入られるために書いたのか？」

「落ち着けよ、貴志」

「戦地ではいろんなことが起こるよな。政府側も反乱軍も、他国からの救援軍も伏せたがる事実があるだろう。だいたい、日本そのものが隠蔽《いんぺい》体質の強い国だ。戦時中にどれだけ情報操作されていたか、俺だって知ってる。でもそうやって、なんでもかんでも都合の悪いことは隠し通していくのか？　今でも？　警察の上層部に関わる人物が二人以上殺されているのに、みんな見ないふりをするのか？　卑怯《ひきょう》じゃないのか」

「……本当のことを全部明かすことが正義なのか？」

強い語調で浅川が切り返してきた。飲み干した缶コーヒーがひしゃげるほど、ぐっと手に力を込めている。

「ある程度の情報操作をしなかったら、ほとんどの人間がパニックに陥る。俺たちジャーナリストだってありとあらゆる情報を耳にするが、どれが嘘《うそ》で真実か、どれを表に出してどれを伏せるべきか、自然と選別能力が身に付いているだろう。でも、一般人はそうじゃない。インターネットに誰が書いたかわからないデマですら本物だと信じ込む奴が出る時代なんだ。だったら、プロのマスコミは情報を出すタイミングや、内容をコントロールするべきじゃないのか？」

「それが浅川の目指すプロか。戦中派か、おまえ。情報は、どんな立場の人間でも手にできるのが正しいんじゃないのか。ネットに溢《あふ》れてる情報のなにを信じるか、個人が決めることだろう。マスコミだけが知っている情報なんてあっちゃいけないんだ」

「言い過ぎだ、貴志。おまえの言っていることは正論かもしれないが、それこそ数ある正論の中のひとつにしか過ぎないんだ。情報規制をしなかったら、根も葉もない『ウワサ』が出回る。それを俺は一番恐れてるんだ。本谷さんもそうだ」

「本谷さん、も……」

つねに他人を見下す口調が当たり前の浅川にしては、感情を抑《おさ》えていることにようやく気づき、貴志は振り返った。

今までに見たことのない深い苦悩が浅川の顔に浮かんでいた。

「ウワサは、恐ろしいスピードと破壊力《はかいりょく》を持っているんだ。事実をねじ曲げてしまうぐらいの力が、ウワサにはある。人の口から口を通じて伝わるウワサには、事実以外の『感情』が混じるんだ。ウワサを聞いた本人の恐怖感《きょうふかん》や孤独感《こどくかん》、不安はもちろんのこと、それをおもしろがる奴の優越感《ゆうえつかん》も混じって、しまいには事実から遠くかけ離れた虚像ができあがって、国民全員が怯《おび》えることだってあり得るんだ。俺が戦地で実際目にして、どうしても表に出せなかったケースがある。聞きたいか」

「聞かせろよ」

「政府側の上層部と、改革を唱《とな》える反政府軍の上層部が裏で手を組み、武器の輸入の量をひそかに調整していたという事実が、俺の知っている機密情報の中では最たるものだ」

「……どういうことなんだ、それ」

「子どもでも扱えるような自動小銃《しょうじゅう》から手榴弾《しゅりゅうだん》、弾薬《だんやく》の数々を政府が大量に自国に密輸入《みつゆにゅう》させて、何重もの極秘ルートを使って反政府軍に渡す。それを受け取った反政府軍の上層部が、武器を下《した》っ端《ぱ》にばらまく。直後に、自爆《じばく》テロが桁違《けたちが》いに増えたぜ。犠牲者《ぎせいしゃ》のほとんどが、民間人だった」

「そんな……」

「国のためだと信じて命を捧《ささ》げるのは、なにも知らない民間人だけだ。政府も反政府軍も、どっちの上層部も、戦いが終わらないように武器や弾薬の量を絶妙に調整していたんだ。戦争が終わってしまえば儲《もう》けられなくなる奴が、国内外に大勢出るからな。……この情報を手にしたときはさすがに俺もびびったぜ。たった数人だけに漏《も》らされたトップシークレットだった。表に出せば長年の戦いにケリがつけられる。でも、聖戦だと信じている民間人はどうなる？　あの戦いには聖戦にまるっきり関係ない大国が関わっていて、莫大《ばくだい》な金で命のやり取りをしていると国民が知ったら？　世界中が知ったらどうなる？」

「さらに大きな騒ぎになる……。それこそ、暴動《ぼうどう》が各地で起きて世界中が巻き込まれる……」

信心深《しんじんぶか》い者こそ、裏切られたと知ったときの報復《ほうふく》は凄《すさ》まじいものだ。

唖然《あぜん》と呟くと、隣の浅川がうつろな顔で頷《うなず》く。

煙草《たばこ》をくわえたものの、火をつけることも忘れている様子で話し続けた。

「そうだ。当時の俺たちはすぐさまスクープに走ろうとしたが、上司に止められた。そこで一昼夜、ぶっ通しで話し合った。徹底的《てっていてき》に、さまざまな方向から論じあった。事実を伏せるのは本当に間違っているのか。今、目の前で起きている戦いを拡大化させたいとは誰も言わなかった。少しでも早く沈静化《ちんせいか》させたいというのが最終的な意見だった。そこで俺たちは苦渋《くじゅう》の決断で、スクープを沈《しず》めた」

「結局、情報を表に出さなかったのか」

「仕方ないだろう。どう考えてもそうすることが最善策だったんだ。当然、情報が漏れ出ていることを、政府の上層部にチクることは忘れなかったけどな。結局、その戦いは一年半後になんとか終結したが、あそこで、俺らが自分たちだけの正義感に煽《あお》られてネタをすっぱ抜いていたら、どれだけ被害が拡大して長引いていたか……。そう考えると、今でも寒気がするぜ。俺はあのとき、情報操作の正しい意味を知ったんだ」

やっと煙草の先に火をつけて思いきり吸い込んだ浅川が、立ち上る煙の行方《ゆくえ》を追うように顔を上げる。

「俺たちが関わった戦争と、篠原警視の事件とでは規模からして違う。でも、そこまでの立場の人が本気でウチに圧力をかけてくるってのには、のっぴきならない事情があるんだ。絶対に他人に知られたくない裏があるんだ。これ以上、あの事件をあさるな、貴志。新聞記者だろうと、知らないほうがいいことも世の中には山のようにあるんだ」

「浅川の言い分は……わかった。近付かないほうがいいってことも、十分理解した。でも、駄《だ》目《め》だ。俺はこのヤマから下りたくない」

「おい、貴志」

「俺は知りたいんだよ。どうしても。篠原警視には二度接触しているけれど、すっきりしない部分がいくつも残る。それと……」

「それと？」

リョウのことを明かすかどうしようかためらったが、結局は言わないことにした。

あの男は危険すぎるし、篠原以上に謎《なぞ》が多い。

身体を踏みにじられていることが浅川にばれたら、とてもじゃないが平然とした顔はもうできない。

いつでも意識の片隅《かたすみ》にこびりついている濃密な時間を遠ざけようと、貴志は深く息を吸いこんだ。

「癇《かん》に障《さわ》ることが多すぎるんだ、篠原警視の事件は。浅川は、戦地でスクープを一度は手にして、それを表に出すか握り潰すか、吟味《ぎんみ》する時間があったんだよな？　俺は今回、事実の切れ端《はし》さえ摑んでいない。篠原警視が、自分の周囲で起こった事件を誰にも触らせずに葬《ほうむ》ろうとしていることしかわからない。人が殺されてるんだ、浅川。医者と助手だということしか伝えられていないその人たちが篠原警視とどういう関係にあるのか、べつに一般人は知らなくてもいいかもしれない。でも、本当に誰も知らないままでいいのか？　そんなことになったら、浅川が体験したようなことと同じ道を辿《たど》る」

「どこが同じだっていうんだ」

「いつか、大事件に繫がるようなきっかけを、第三者が摑んでおくことがまず大事だ。それをどうするか考える時間も欲しい。当事者だけが知ったような顔で、人殺しの事実を伏せていいはずがない。俺が公平な人間だとは言わない。でも、俺は知りたいんだ、絶対に。なにがあって篠原警視の実家で人殺しが起きたのか、それだけでも知りたい」

「知ったらどうするんだ」

「篠原警視と話し合う」

「彼が拒否《きょひ》するケースも十分ある。それよりも、おまえ自身が消される最悪のパターンを考えたことがないのか？」

「ないわけじゃ、ない」

声にしたことで、もやもやと燻《くすぶ》っていた不安が一気に形を成していく錯覚《さっかく》に陥《おちい》るが、ここまで来たらもう引き下がれない。

緊張《きんちょう》した面持ちの浅川と視線を絡《から》めた瞬間、覚悟が決まった。

「今回の件にもっと深入りすれば、俺は退職を迫られるどころじゃない、殺されてもおかしくないだろうな。警察を敵に回して生き残れるとは誰も思わないし、誰だって命が惜《お》しい。俺だって犬死にしたいわけじゃない。でも、ぎりぎりまで粘《ねば》って、なにかしらの情報を引きずり出して——篠原警視の力すら及《およ》ばないところに持っていって……、今回の事件をやっぱり伏せるべきなのか、明らかにすべきなのか、考えたいんだ」

「……なにがいったいおまえをそこまで走らせるんだ」

「そんなの、浅川だってわかってるだろ」

ため息混じりに呟いた浅川に、貴志は笑いかけた。

自分でも不思議《ふしぎ》なほど、気分が軽くなっていた。

リョウや篠原に対する不安感は未《いま》だ根強く残っているが、それと同じぐらい、この事件のすべてを知りたいという昂《たか》ぶりが、胸の真ん中で渦巻《うずま》いている。

「なんでおまえは新聞記者になったんだ？　俺は、今、自分が生きている間に起きている出来事を可能なかぎりこの目で、耳で確かめて、それを人に伝えたいと思ったからだ。俺の原動力は、好奇心なんだ。浅川は違うのか」

「今さら青臭いこと聞くんじゃねえよ、バカ」

少し眩《まぶ》しそうに目を細めた浅川が、長い灰《はい》になった煙草をそばの灰皿に投げ込む。

それからもう一度ため息をついた。

「止められるもんなら止めたかったんだけどな……、やっぱり俺じゃ、無理か。だったらせいぜい、派手に犬死にしろ」

憎《にく》まれ口をたたきながら、浅川が胸ポケットから取り出したメモ用紙になにごとか殴《なぐ》り書きし、破《やぶ》ってよこしてきた。

見ると、知らない携帯番号が書かれている。

浅川が情報をくれるのは、これで二度目だ。

動きたくても動けない己《おのれ》の代わりに突っ走る貴志を案じているのか、真意はよくわからないが、一度目にもらった携帯番号のおかげで篠原に近付けたのは確かだ。

「これは？　篠原警視のもうひとつの番号か？」

「いや、違う。海棲会《かいせいかい》の不動修一《ふどうしゅういち》って男、おまえも知ってるだろう。そいつのプライベートの携帯番号だ」

「どうして暴力団の海棲会が……？」

予想外の言葉に貴志は眉《まゆ》をひそめた。

海棲会は赤坂に本拠を置く指定暴力団のひとつで、著《いちじる》しく悪性が強い団体として名を知られている。

他の暴力団が薬物取引を中止させても、海棲会だけは海外から覚醒剤《かくせいざい》をはじめとした違法の薬物を大量に仕入れ、東京を中心に全国にばらまいていることでも有名だ。

「つい最近、海棲会のトップが代替わりしたことぐらい、貴志も聞いてるだろう」

「ああ、そういえば……先代が急死して、息子が会長になったんだったな。まだ四十にもなってないだろう」

「三十八歳だ。七代目の不動修一は、過去最悪の薬物汚染《やくぶつおせん》を招く会長だろうと言われている。その若さで組のトップに立てたのはなにも先代の嫡子だからというだけじゃない。とにかく、ずば抜けて頭がいい。幼い頃から大学卒業まで海外暮らしをしていて、語学は堪能《たんのう》、頭の回転もいい、見た目も相当のものだという話だ」

「その不動修一が、篠原警視とどういう関係にあるんだ？」

「それは……」

ためらいを隠せない浅川が声を詰まらせる。

貴志はメモを丁寧《ていねい》に折りたたみ、「わかった」と頷いてベンチを立った。

海棲会の若きトップと篠原との間になにかしら因縁《いんねん》があるからこそ、浅川はこの私的な番号を教えてくれたのだ。

だが、実際になにが行われているか喋《しゃべ》りたくないのかもしれないし、浅川自身も知らないのかもしれない。

「この先は俺自身が調べる。浅川には十分すぎるほど手を貸してもらった。……すまなかったな、面倒をかけて。ありがとう」

心からの礼が伝わったようだ。

浅川が真剣《しんけん》な目つきを向け、不意に手を摑んできた。

唐突な触れ方がリョウを思い出させたので一瞬びくりと身体が強張《こわば》った。だが、浅川の焦燥《しょうそう》感《かん》を感じて、貴志は握《にぎ》られるままにしていた。

同期入社でなにかと張り合い、貴志が文芸部に落ちぶれてからはますます嫌な振る舞いを見せつけられてきたが、こんなにもまっすぐな目を見るのは初めてだった。

それだけ、貴志が挑《いど》もうとしている道が危ないことを、浅川もわかっているのだろう。

掴まれた手を振り払わず、貴志からも感謝の念を込めて強く握り返すと、浅川の眉間《みけん》の皺《しわ》が一層《いっそう》深くなる。

「気をつけろよ、貴志。海棲会にまで踏み込んだら、俺たちはもう、おまえをどうすることもできない。社葬《しゃそう》も出せないかもしれないいんだからな。ウチの会社はおまえの社歴自体を否定する可能性があるんだ」

「わかってるさ。おまえの言うとおり、死ぬときは派手に死んでやる。誰も口封《くちふう》じできなくて、ニュース沙汰になるぐらいにな」

まだなにか言いたそうな浅川に手を振り、貴志は笑いながら歩き始めた。

たったひとりで切り開かなければいけない道だとしても、もう一歩、篠原に近付く手がかりを掴んだ高揚感《こうようかん》が背中を強く後押ししてくれていた。

浅川が教えてくれた携帯番号に連絡してみようと決心するまで、数日かかった。

海棲会の若き会長である不動修一という人物について、できるかぎりの情報を集めておきたかったからだ。

こういうとき、マスコミという立場は非常に有利だ。

一般人ならけっしてお目にかかれない極秘情報も目にすることができる。

貴志は今度こそ社会部に目をつけられないよう、慎重《しんちょう》に動いた。

八年間の記者生活で、他社の記者ともかなりつき合いが広がった。

まずは、多彩《たさい》な情報を扱う他社の週刊誌編集者に接触を図《はか》ることにした。

大手出版社のひとつ、央剛舎《おうごうしゃ》が発行する『週刊央剛』は、「広く、深く」をモットーとしている雑誌だけに、抱えている情報量が桁違《けたちが》いだ。

不動が表舞台に出てきたのはごく最近だけに、本人にまつわるプライベートな情報はあまり拾えなかった。

これは最初からそうだろうと思っていたから、あまり気落ちすることではなかった。

その代わりと言ってはなんだが、ここ二、三年の海棲会の動きが活発化しているという情報ならざくざく出てきた。

「海棲会について、なにか書くのかな?」

温厚《おんこう》な物言いで訊《たず》ねてきたのは、『週刊央剛』の編集長である小林《こばやし》だ。

気さくな性格と誠実《せいじつ》な笑顔が板に付いた小林はいつもラフな格好をしているせいで若く見られがちだが、四十半ばの実力者だ。

貴志から見ても目上にあたるクラスの人間だが、なにかの取材で隣同士になり、同業者として一通りの挨拶《あいさつ》や世間話を交わしたのをきっかけに、互いに気が合うと感じて、社を違えても親しくなった。

編集長という上級職にあっても現場主義である小林に、貴志も好感を抱き、その後もたまに時間が空くと酒に誘ったり誘われたりしていた。

明朝新聞の情報とはまた違うニュースソースを求め、小林に「会えないか。海棲会について聞きたいことがある」と相談したところ、相手は快《こころよ》く応じてくれた。

そして今日、貴志は央剛舎内にある少人数用のミーティングルームで小林と顔を合わせ、過去、『週刊央剛』が取り上げてきた海棲会の記事をすべて見せてもらったのだ。

中には、「部外秘」と赤字の判子《はんこ》が押された書類もあったが、小林は、「コピーすることは無理だけど、ここで見ていくぶんには構わないよ」と言ってくれた。

想像を上回る以上に、海棲会が薬を流していることが資料でわかった。

「書くというほどではないんです。ただ、会長が代替わりする前後から都内でも違法ドラッグ……それも純度の高いコカインやＭＤＭＡが相当量さばかれていると耳にしました。覚醒剤ならともかく、という言い方は変ですが、効きのいいコカインやＭＤＭＡを通せるルートを持っている組は過去例から考えてみても、海棲会しか考えられない。やはり不動修一が関わっているんでしょうかね」

「どうなんだろうね。正直、俺も肝心《かんじん》なところを摑めていないから、記事にするにしても曖昧《あいまい》な締めくくりになりがちなのが嫌なんだ」

煙草をくゆらせながら小林が両腕を組み、天井を見上げる。

「とはいえ、違法ドラッグが蔓延《まんえん》している事実を黙って見過ごすこともできない。だから、売人が捕まったり、そこから芋《いも》づる式に購入者が出た場合はかならず記事にしているんだが……まあ、貴志くんも知っているように、売人になる奴は、構成員でも下っ端《したっぱ》だ。海棲会の薬の流し方は特殊で、他の組より倍の人数の手を渡っている」

「だから、一人捕まえてもなかなか中心にはたどり着けない、ということですか」

「そのとおり。不動修一がトップに就いてから、薬が市場に出るルートが前よりさらに複雑化している。インターネットでの売買はもうはやらない。結局は、トバシの携帯を使って売人と購入者が直接どこかでパッと会ってパッと売買するやり方が一番ラクで、双方ともに手っ取り早いんだ」

「現金と引き替えに薬が入手できますからね。他人を装《よそお》ってちょっと立ち話するだけで交渉が成立する……、ブツが届くか届かないかという苛立《いらだ》ちやリスクもありませんし」

「同じ方向の悪意を持った人間が手を組むと、俺たちのような凡人《ぼんじん》にはまるで思いつかない大胆不敵《だいたんふてき》なやり方を見せつけてくれるよ」

呆《あき》れ笑いをする小林だが、真剣な光を宿した目は笑っていない。

彼もまた、自分なりの正義論を持っていて、海棲会の暗部を暴こうとしているのだろう。

その強い意志に、貴志は賭けてみることにした。

「……海棲会と、警視庁の篠原警視の間に、なにか関係があるというウワサを耳にしたことはありますか」

「篠原警視? ああ、この間、実家で医者殺しがあった人だよな。あの人と、海棲会の繋がりか……」

小林はしばし考え込んだ顔をしたあと、「なぜだい?」と聞き返してきた。

言うことは言う、言わないことはけっして口にしないのがモットーである小林にしては珍しい切り返しだ。

「なぜ、きみは篠原警視のことを気にしている?」

「それは……」

「ここ最近の海棲会の動きを知りたいという申し出を受けて、俺はきみと今、話をしている。俺自身、海棲会についてまだ知りたいことがたくさんあるからね。だけど、篠原警視はこの話題にどう関係している?」

穏やかでも黙ることを許さない声音《こわね》に、貴志は即座《そくざ》に口を開いたものの、なにをどう言えばいいのかわからず、とまどった。

「すみません。少しだけ考える時間をくれますか」

「いいよ」

新しい煙草に火を点《つ》ける小林が、手元の書類をぱらぱらとめくる。

賑《にぎ》やかな雑誌部署と切り離されたこのミーティングルームはとても静かで、小林が紙をめくる音しか聞こえてこない。

——どうして、俺はここまで篠原警視にこだわっているんだろう？

浅川と話したときも、同じような話題が上った。

『なにがいったいおまえをそこまで走らせるんだ』

そう訊ねてきた浅川に、貴志は、一記者としての好奇心を抑えきれない、と答えた。

青臭いと笑われたが、あの場はそれでまとまったのだ。

しかし、あらためて考えてみると、もはや最初に抱いた好奇心だけで突っ走っているのではない気もする。

——特徴がまるで正反対の人物に、俺は接触している。どちらのタイプも、今までに会ったことがないような強烈《きょうれつ》ななにかを持っている。

ひとりめは、もちろん篠原警視その人だ。

名のある政治家の家に生まれ、裕福《ゆうふく》な暮らしを存分に享受《きょうじゅ》してきた者だけが持つ気品と、ある種の傲慢《ごうまん》さを篠原は自然と振りまき、他人を圧倒させる。

親の七光りを頼りにして警視庁のキャリア組になったのではなく、本人も相当の努力を積み重ねているのだろうということは、二度の接触で薄々感じ取っていた。

先を読む目があり、周囲もそれを認めているからこそ、今回の事件も篠原の命に従って早々に箝口令《かんこうれい》を敷いたのだ。

——でも、あの人は『なにか』に怯《おび》えている。俺の勘違いかもしれないが、二度目に会ったとき、『あなたは私を追い詰めたいんですか』と言っていた。彼を脅《おびや》かす『なにか』がなければ、あんな気弱なことを言うはずがない。今にも怒り出しそうだったけれど、すがりつくような感情も確かにあった。俺に同情させて手を引かせたいのかもしれないが……でも違う、きっと違うはずだ。篠原警視が今回と過去の殺人事件をどうしても葬り去りたいのには、『なにか、もしくは、誰か』という不安定な材料が裏に潜《ひそ》んでいるからだ。家名を汚《けが》すことになる、という理由だけじゃ足りないぐらい、冷徹《れいてつ》な見た目からは想像できないぐらいの脆《もろ》い部分を隠そうとしているから、篠原警視は必死なんだ。そう考えれば、あの人ほどのクラスが、俺の呼び出しにすぐに応じたことも納得がいく。つじつまが合う。

だから、彼から目が離せないのだ。

二人目は、やはり、リョウだ。

彼については、正直なところ、今はまだ深く考えたくない。

——ただ、あいつが篠原警視と特別な繋がりがあるのは確かだ。俺が篠原警視のことを探って回ると、かならずあいつが追ってくる。よく飼い慣らされた猟犬《りょうけん》みたいに、俺をつけ回して口封じをしてくる。

住所をはじめとした個人情報を握られたうえに、犯され、痴態《ちたい》の決定的な瞬間を写真やムービーで撮られた。

あれがいつ、どんな形で流出するのかと思うと背筋《せすじ》が震《ふる》えてしまう。

「どうした、貴志くん？　もしかしてここ、冷房効きすぎかな。温かい飲み物でも持ってこようか？」

「あ、……いいえ、すみません、大丈夫です」

小林の声に、ようやく我に返った。

篠原警視と海棲会の繋がりについて小林からこれ以上のネタを引きずり出すためには、こちらもいくらか手の内を明かさなければいけない。

小林の部下でもないのに、すでに、十分すぎるほどの話を聞かせてもらっているのだ。

「ここから先の話は、バーター、ということでいきましょうか」

「貴志くんの抱えている情報にそれなりの価値があると判断したら、俺も話そう」

「さすがに一筋縄《ひとすじなわ》じゃいきませんね、小林さん」

貫禄《かんろく》ある言葉に苦笑すると、小林もにこやかに笑う。

「そうさらっと嫌みを言うなよ。ただまあ、俺としてもみすみす爆弾級《ばくだんきゅう》のネタを他社の人間に簡単に譲《ゆず》りたくないんでね。等価交換というのはどこでもあることだ」

「そうですね。……わかりました。俺がなぜ、篠原警視を気にしているか、お話しします」

貴志はゆっくりと話し出した。

文芸部に飛ばされ、浮かない毎日を送っていた矢先に裕福な住宅地で殺人事件が発生した。暇潰しにザッと調べてみたら、篠原という民心党《みんしんとう》のナンバーツーを輩出した、政界に強く食い込む名家での殺人事件だということがわかった。

なのに、ベタ記事が一回載ったきりで終わり、続報はまったくなかった。

被害者は医者とその助手、としか書かれておらず、名前も年齢も未だ公表されていない。容疑者《ようぎしゃ》にいたってはまるで手がかりなしだ。

なぜこれほどの名家で起きた事件が世間から消されようとしているのか。

最初は、単なる好奇心で動いた。

そして、篠原警視本人に会い、年こそは同じながらも自分とはまるっきり違う世界に生まれたことで育《はぐく》まれた冷徹な意見に遮《さえぎ》られ、地団駄《じだんだ》を踏む羽目になった。

「事件に関する好奇心に、いつの間にか篠原警視への意地や、対抗意識も加わったんだと思います。俺は今まで記者をやってきて、『わからないことが世の中にはたくさんある。知らないことをできるだけ知りたい』なんて考えていた。……俺は思い上がっていたんでしょう。それが、篠原警視には完全に阻《はば》まれました。彼に近付くと、かならずあとで何者かに制裁《せいさい》を食らいました」

「暴力をふるわれたということか？　他人から？」

小林がはっきりと顔をしかめたので、頷いた。

同性に犯されたのだとはさすがに言えなかったが、小林にもある程度のショックは伝わったようだ。

リスクが高いニュースを追えば追うほど、自分の身にも危険が迫ることを彼もわかっているのだ。

「ええ。そうです。そいつの正体はわかっていません。ただ、『篠原を追うな』と何度も念押しされた。そのことで余計に俺は躍起《やっき》になった。人が殺されているのに、篠原警視は、なにを、誰を隠したいのか少しも教えてくれない。それどころか、事件を隠しとおすことに懸命になっている。俺は暴行を受けるたびに、全貌《ぜんぼう》を明かしたい欲求を募《つの》らせました。どうしても抑えられない。同僚にも止められました。このまま身勝手な行動を取り続ければ、俺は職を失う。それでも、誰にとっても善であるはずの警察の人間が殺人事件を意図的に隠蔽するのを、黙って見過ごすことはできません」

「……今どき、珍《めずら》しいぐらい真っ当な意見だ」

噛み締めるように呟いた小林が、ケースから煙草を取り出す。

「聞かせてくれてありがとう。それから……すまなかった。言いたくないことも言わせたな。きみが暴力沙汰に巻き込まれているとまでは想像できなかった」

「いや、俺もこれを話したのは小林さんが最初なので」

「社内の仲間には言ってないのか？」

「言えませんでした。ご存じのとおり、俺は今までエリート面《づら》をしていたばかりで、上司の不正にも気づかないバカだった。連帯責任を負わされて文芸部に飛ばされた俺は今のところ、社内でも腫《は》れ物《もの》扱いです」

「こら、文芸部をそう見下すな。あれはあれで、知恵と経験がないと務まらない仕事なんだぞ。俺も、昔は小説雑誌にいたんだよ」

「そうだったんですか。全然知りませんでした」

緊張をほぐすように苦笑する小林に、正直に驚いた。

雑多な情報を次々に選り分け、より目を惹《ひ》くものをピックアップする能力に長《た》けた小林は、編集者になった当初から、ずっと週刊誌の現場にいたように思い込んでいたのだ。

「新聞や週刊誌と比べるといささか地味に思えるだろうが、作家とのつき合いや、読者の声をじかに聞けるおもしろさが、あそこにはあると俺は思う。血なまぐさい事件ばかり追ってると忘れがちな他人とのささやかなコミュニケーションの大切さを、俺は小説誌で学んだよ」

「……すみません。俺こそ、言いすぎました」

「いやいや、ごめん。こっちこそ青臭い話をしたうえに、昔話を引っ張り出してしまった。いい加減、年かもな」

重くなりそうな空気を払うように、小林が頭を掻いて笑う。

余裕あるその仕草《しぐさ》に、――本当の大人とはこういうものか、と貴志も微笑《ほほえ》んだ。

「状況が落ち着いたら文芸部での仕事がどんなものか、もう一度、冷静に見直してみるといいかもしれないね。俺たちはみんな、いつも世間を騒がせるニュースに目が行きがちだけど、事件や情報に差異はないはずだ。それこそ貴志くんも文芸部に配属されたからこそ、ベタ記事に目を留める余裕があったんじゃないかな」

「そうかもしれません。入社以来ずっと、時間に追われる中で情報をさばいてきたから……もし、今も社会部や政治部にいたら、あのベタ記事を俺は見落としていたと思います」

「だったら、いい機会だ。小さな囲み記事で世間的にはあっという間に忘れられてしまう事件でも、陰ではかならず誰かが苦しんでいるという感覚を今回の件で貴志くんは摑めるかもしれない。こっちはマスコミとしてさまざまな事件に触れて常識が麻痺していくことも多いけれど、事件に巻き込まれた人の苦しみを想像するというのは、同じ人間として、絶対に失ってはいけない感覚だと俺は思う」

「誰かが苦しんでいる……」

他愛ないフレーズが、やけに胸に鋭《するど》く刺さった。

二度目の接触を終えて帰ろうとしたとき、篠原の『あなたは私を追い詰めたいんですか』という声は、けん制というより、底知れぬ苦悩を滲《にじ》ませていたようにも思えてくる。

なにが、誰が、篠原ほどの男を苦しませるのか。今の貴志にはまるで浮かばない。

ひょっとしたら、篠原がリョウを操《あやつ》っているのではなく、リョウが篠原を支配しているのだろうかと疑ったが、証拠はひとつもない。

篠原に関する情報が少なすぎる。

――篠原警視から直接話を聞きたい。記事にはしないと固く誓《ちか》っても駄目だろうか。

「さてと、じゃあ、俺からも話をしようか」

「あ、はい。お願いします」

いたずらに物思いに耽《ふけ》るのをやめ、貴志は姿勢を正した。

正面に座る小林も真顔だ。

「きみの想像どおり、海棲会の会長になった不動修一と、篠原警視……というよりも、海棲会と篠原家は密接な関係を持っているらしいことが、最近になってようやくわかってきた」

「篠原さんの家が、暴力団と繋がっている？　本当ですか？」

「ああ。政治家と暴力団とカネが複雑に絡み合っていることは、昔からよくある話だ。ただ、海棲会にとっての篠原家というのは、どうもかなり特別な存在らしいんだ。政治資金を調達するとかどうとかいうレベルでのつき合いじゃないらしい。もっと個人に関わることらしい……って、嫌だなまったく、『らしい』ばっかりの連呼で我ながら説得力に欠けるよ」

「いえ、ぜひ続きを聞かせてください」

「悪いが、俺たちが摑んでいるのもここまでなんだ。篠原家の個人に、海棲会が関わっているらしいという事実を摑めたのは、ごく最近なんだ。海棲会の現トップの不動修一は才覚もあるし、抜け目がない、人付き合いもうまい。ただ、まだ若い。三十八歳であの凶悪な集団を率《ひき》いることになった不動を鬱陶《うっとう》しく思った古参幹部《こさんかんぶ》がいてね。ちょっとした内部抗争を起こしたんだが、結局は古参が負けて、殺されなかった代わりに、組追放のうえに国外に永久追放になった。その男が日本を出る直前に、俺に教えてくれたんだ」

「どんなことですか」

「『──不動修一を追い落としたくても、篠原という警視が全力で阻止《そし》してくる。篠原家になにかあった場合も、不動がすべてカタをつけることになっている』ってね」

「それ、小林さんが聞いたんですか？　元古参から、直接？」

「驚いたかい？」

いたずらっぽく目を輝かせる小林に、貴志は大きく息を吐いて天井を仰《あお》いだ。

今、耳にしたのはまさしく爆弾級のネタだ。新聞なら、間違いなく一面を飾っている。

「驚きますよ……。まさか、そんなスクープを握ってたなんて……」

「でも、残念ながら記事にできるほどの裏付けがまだないんだ。俺がじかに聞いたというだけだし、元古参もすでに海外に行ってしまっている。国内にいる人物で裏付けを取ろうにも、ドラッグで儲けようとしている海棲会はますますガードが固くなっていて、近付けない。篠原警視に関してはもっとハードルが高い。正直な話、お手上げという気分なんだ」

「その話の続き、俺に任せてもらえませんか？　絶対に悪いようにはしません。もし、ネタの裏付けが取れたら、真っ先に小林さんに伝えます」

「それじゃ、きみんところではスクープが獲《と》れないぞ」

「ウチは……というより、俺は、この件に関しては、スクープだけが狙いじゃありません。さっき、小林さんが言ったように、この一件の陰で苦しんでいる人がいるかもしれない。その人から俺は話を聞きたい。とにかく、真相に少しでも近付きたい。報道という手段でどこまで明るみに出すかどうか、小林さんが決めてくれても構いません」

「きみは明朝新聞をクビになるつもりかな」

小林の声から一切合切の感情が消えたことに気づいた貴志は、昂然と顔を上げた。

「それでも構いません。初めて、自分からすべてを知りたいと思った事件です。ここまで来たら、最後まで追いたい」

「もう一度だけ確認しよう。本気で言ってるかな？　単なるヒーロー気取りでこのヤマに手を出したら、きみも消される可能性がある。それでも、真相を知りたいのかい？　俺の言葉の矛《む》盾《じゅん》を俺自身で暴くとしたら、真相を表に出した瞬間に、苦しんでいる人の首をさらに絞《し》めることになるかもしれないんだ。頭のいいきみなら、この意味、わかるよな？」

「わかっているつもりです。誰にも言えない秘密を抱えているからこそ苦しんでいる人を偽善《ぎぜん》者《しゃ》気取りで救おうとしたら、相手は破滅《はめつ》する——そういうことですよね」

「そうだ。どんなことでも難しいのはそこなんだ。なにかを、他人を知りたいと思うのは自然な欲求だ。だけど、俺たちマスコミという人種は他人の喜びや悲しみにつねに飢《う》えている。ネタがあれば即座に食らいついて一分咀嚼《そしゃく》したところで表に出す。汚い商売だと思わないか？」

「正直でもあると思います。興味がありそうなのに、傷ついたり汚れたりするのが嫌で結局遠ざかるタイプはこの仕事には向いていません。本物の偽善者は、俺たちみたいなハイエナが作る読み物でも読んで、おとなしく満足してればいいんじゃないでしょうか」

言い切ったところで、小林がふっと目縁《まぶち》をゆるめ、可笑《おか》しそうに声を上げて笑った。

「いい度胸だ。……わかった。さみに必要な情報は渡す。元古参の名前と、彼から聞いた情報をあとで渡すよ。今後、個人的にもバックアップしていく。なにかあったら遠慮《えんりょ》なく相談してほしい。ただし、くれぐれも気をつけてくれ。ここから先は冗談なしで修羅場《しゅらば》だぞ」

「覚悟はできてます。小林さん、ありがとうございます。助かります」

「今回の一件で明朝新聞をクビになったら、ウチがきみを特別待遇《たいぐう》で招くよ」

快活《かいかつ》に言う小林に、貴志も笑って、「はい」と頷《うなず》いた。

力強い味方が、ここにもいた。

それが素直に嬉《うれ》しい。

——そうだ。俺が新聞記者として、これは、初めて最後まで本気で追いかけたいと思った出来事なんだ。篠原警視から見れば、下世話な好奇心を抑えきれない面倒な奴と映るかもしれない。本当の本当に、誰にも知られたくない秘密を隠しとおしたいのかもしれない。でも、俺は追う。

なにかを背負って逃げ切ろうとしている篠原に追いついて、話を聞きたい。もし真相がわかったとしても、世間にこれ見よがしにさらしたいわけではない。スクープにしたいわけでもない。

ただ、どうしても、緊張と不安をない交ぜにした篠原の目が忘れられない。あれほど冷静で地位もある男をぎりぎりまで追い詰める正体を、貴志は知りたかった。

「アンタが、明朝新聞の貴志誠一か」

「そうだ」

「身分証を出せ」

ぞんざいな言い方に怒るでもなく、貴志は黙って身分証を差し出した。

無表情で身分証を受け取る男は、肩につくアッシュブロンドの髪を鬱陶しそうに振り払う。

派手な髪にふさわしい華やかな顔つきをしていた。

男にしてはきめ細やかな肌、切れ長の目元やふっくらしたくちびるだけで判断すれば、ずば抜けた美形だが、彼は残念ながらモデルにもホストにもなれないだろう。

目の光が陰惨《いんさん》すぎる。

日本人にはない独特の甘く妖艶《ようえん》な雰囲気《ふんいき》が男の年齢をわからなくさせている。

身分証の写真と貴志を長いこと見比べていた男が、「来な」と顎《あご》をしゃくった。どうやら、本人だと認めてくれたらしい。

央剛舎の小林と会った三日後、貴志は海棲会の本部がある赤坂のマンションを訪れていた。

都内の一等地に本拠を構える海棲会のトップ、不動修一のプライベート携帯に電話をかけ、面会を申し出た。

当然、相手は『新聞記者がなんの用だ』と懸念《けねん》していたが、「篠原警視と個人的な繋がりがあると聞いています。情報提供者の名前も知っています」とストレートに核心に触れたところ、直接の面会が叶《かな》ったのだ。

小規模ではあるものの、マンション全体が海棲会の持ち物らしく、どこからも生活感が漂《ただよ》ってこない。

「こっちだ」

先を歩く若い男が廊下の最奥で肩越しに振り向く。

玄関からエレベーター、五階に上がるまでこの男ひとりしかついていなかった。

慎重に周囲を見渡し、異常なほどの監視カメラが設置されていることに気づいてぞっとした。

不動は、人間のあやふやな認識よりも、コンピュータの正確な記録を重要視しているのだろうか。

そう考えると、敵陣《てきじん》に丸腰で乗り込んできた自分がいかに無茶なことをしているかと胃の底が痛くなってくるが、ここまで来たら引き返せない。

「不動会長はお忙しい方だ。手を煩《わずら》わせるな。話はさっさと終わらせろ」

「……わかった」

淡々《たんたん》と命じてくる男がチャイムを鳴らしてから数秒待ち、金属製の重いドアを開けた。

「不動会長、連れてきました」

室内は思った以上に広かった。ぶち抜きのワンフロアの手前にはスーツに身を固めた強面《こわもて》の男が数人、ソファに座ってじろりと貴志を睨《ね》め付けてくる。

一般人は絶対に着ない色合いのスーツや凶悪すぎる表情は、まさしくヤクザそのものだ。とうとう、敵陣に乗り込んだのだと武者震《むしゃぶる》いがしてくる。

「時間よりも五分早い。合格だ」

低い声がするほうをハッと見ると、フロア奥にしつらえられた紫檀《したん》のデスクから男が立ち上がるところだった。

百九十センチ近くはあるんじゃないだろうか。

鍛《きた》え抜いた身体をピンストライプのスーツで包み、オールバックにした髪も艶《つや》やかだが、なんといっても男の精悍《せいかん》な相貌《そうぼう》にちょっと言葉を失った。

美丈夫、という昔ながらの言葉がこれほどしっくりはまる男もそういない。

育ちがよく、頭もいい、見た目も相当なものだと聞いていたが、これほどの磁力がある男だとは思っていなかった。

海棲会の会長という肩書きよりも、どこかの財閥《ざいばつ》系企業の若手トップとしてビジネス誌の表紙を飾ってもおかしくない。

しかし、やはり目が違う。一般人とはまるで異なる仄暗《ほのぐら》い闇《やみ》をたたえた日を見ているだけで萎縮《いしゅく》しそうなのを、ぐっと堪えた。

「ハオ、彼をこっちに連れてこい。間仕切りを下ろせ」

「はい」

ハオと呼ばれたアッシュブロンドの男が、貴志に「ついてこい」とでも言うように再び顎をしゃくり、紫檀のデスク近くに置かれた大型のソファに向かう。

「座れ」

不動に命じられ、貴志は向かい合わせのソファに腰を下ろした。

ハオが、ヤクザたちのたむろする部屋との境目にある蛇腹式《じゃばらしき》の濃い紫の間仕切りを下ろす。

一枚扉ではないが、ある程度の話し声は遮る役目を果たすようだ。

「なにか冷たいものでも飲むか。ビールか、ブランデーでも」

「いえ、酒は……」

まだ昼間だ。酒はいいと断ったのに不動は人の話を聞いていない。

「じゃあ、ワインでも飲むか。昨日、いいロゼを買ったばかりだ。ハオ、用意してくれ」

「はい」

躾《しつけ》の行き届いた犬のように、ハオはきびきびと動き、ワイングラスを不動と貴志の前にそれぞれひとつずつ置いた。

ハオ、という名前の響《ひび》きからして、中国か台湾《タイワン》の血が混じっているのだろう。絹《きぬ》のようなぬめりのある美しい肌をしたハオはまずワインを不動に、それから貴志に注ぎながら、冷ややかな眼差《まなざ》しを向けてくる。

鋭く翳《かげ》った目に貴志が驚いたのが通じたのか、煙草をくわえた不動が笑う。すぐにハオが火を点けに彼の元にひざまずく。

「ハオが気になるか。こいつは台湾人の母親と日本人の父親の間に生まれた。ハオの母親は、台湾でも有名な女優だ」

「だからそんなに……」

綺麗《きれい》なのか、という言葉を飲み込んでしまうほど、ハオが剣呑《けんのん》な目つきを向けてくる。

「まだ二十三だ。俺の右腕で、今じゃ海棲会の会長補佐の筆頭だ」

「彼が、会長補佐なのか？」

いくらトップが代替わりしたばかりといっても、その右腕が二十三歳の若さだとは思わなかった。

声を上げたのがおもしろくなかったらしい。

ハオは邪険《じゃけん》に髪を振り払い、素早く近付く間になめらかな仕草でジャケットの内側から折り畳《たた》みナイフを取り出し、目を剝《む》く貴志の喉元《のどもと》に突き当てた。

以前、リョウに突きつけられたものより小型だが、刃の部分が幅広く、先端も鋭利《えいり》だ。

「……なっ……！」

「ハオを怒らせるな。こいつは顔に似合わず、誰よりも残忍な性質だ。ここでおまえが面倒なことを口にしようものなら、ハオがおまえの爪《つめ》を一枚一枚剝《は》いで、神経の一本一本を断ち落としていく」

「う……」

「ハオ？　少しだけおまえの腕のいいところを見せてやれ」

不動の命令にハオがこくりと頷き、喉仏のやや下、水平にあてたナイフを思いきり横に引く。

「……ッ……！　やめろ、バカ……！」

空気を裂《さ》くような動きだった、と思ったのもつかの間、喉の表面がちりっと痛み、慌てて手をやると、ツウッと温かい血がこぼれ落ちてくるのがわかる。

「まさか海棲会の本部に足を突っ込んで、無傷で帰れると思ってないだろう。それはほんの手みやげだ。傷は数日すれば消える。ハオの手際《てぎわ》の良さを知るんだな」

酷《こく》な笑い方をする不動が旨《うま》そうにワインを飲み干し、「それで？」とゆったりとソファに背を預け、足を組む。

それを見ながら、貴志はまだ痛みが引かない喉にハンカチを当てた。

「篠原とウチにつき合いがある――そういう話だったな。まず、情報提供者の名前は」

「久内健一《ひさうちけんいち》。以前、この組に所属していました。あんたが……いや、……あなたが、会長になると決まったとき、久内と揉めたようですね」

雑な口調をすると、かたわらに立つハオが物憂《ものう》げにナイフをくるりくるりと回すのが気になるので、仕方なくできるだけ丁寧に話すことにした。

――相手はヤクザだが、へたに怒らせて情報が引き出せないのも困る。

「あなたと争った結果、久内が負け、組からも国からも永久追放されました。その彼が日本を出る際、教えてくれました」

「なにをだ。薬のルートか？」

開き直られて呆気《あっけ》に取られたが、これぐらいは不動も計算していたのだろう。

わざわざマスコミの人間が乗り込んでくるのだから、今や、海棲会を根本から支える違法ドラッグの話をちらつかせるに違いない。

その程度はシミュレートしていたから、毛筋ほどの動揺も見せないのだ。

だが、貴志は相手の挑発《ちょうはつ》に乗らず、「いいえ」と首を振った。

「俺が聞きたいのは薬の話ではありません。もちろん、その話にも興味はありますが、今は、久内から聞いた言葉を、あなたにそのまま伝えます。『不動修一を追い落としたくても、篠原という警視が全力で阻止してくる。篠原家になにかあった場合も、不動がすべてカタをつけることになっている』――篠原警視と不動さんの力関係を教えてください」

「ほう、……そっちのネタで来たか」

不動にとっても変化球だったらしく、ちょっと驚いている。

煙草を吸うのも忘れているせいで、灰が落ちそうになったのをめざとく気づいたハオがさっと駆け寄り、小型のクリスタルカットでできた灰皿を差し出した。

灰皿といい、身に着けているものといい、室内の装飾といい、不動の美的感覚はかなりのものだ。

過剰に飾り立てて下品になる者も多い世界で、不動は自分の立場を引き立ててくれるものを見抜く目がある。

こういったセンスは昨日今日で磨《みが》かれるものではない。

不測の事態にも慣れていることは、今の対応でわかった。

三十八歳という異例の若さで、関東一帯でもっとも凶悪だと言われる暴力団のトップに立つ者なりのカリスマ性を見せつけられた気がした。

――怯むな。この人と、篠原警視は裏でなんらかの取引をしているんだ。それがどんなものなのか知りたくて俺はここに来たんじゃないか。

貴志は深呼吸した。

「あなたは篠原家にどんな力を貸しているんですか。もし、海棲会の違法取引が露見《ろけん》しそうになったら篠原警視が全部防いでくれるんですか。――お二人はどんな関係にあるんですか？」

「聞かれたことに素直に答えると思うか。お互い子どもじゃないだろう」

「それでは、海棲会がここ半年に輸入させたコカインとＭＤＭＡの正確な量と、購入者のリストを表に出しても構いませんか」

「……おまえ」

不動が不愉快《ふゆかい》そうに目を眇《すが》めた。

男らしく凛々《りり》しい顔立ちが強張ったことに、貴志は一気に畳みかけた。

「さすが海棲会の流す薬だけのことはあります。純度の高いコカインを欲しがる者には、著名人がちらほらいる。ＶＩＰクラスだけを集めたドラッグを使った乱交パーティを開くのなんか可愛いほうだ。最近では、武器の輸入にも精力を出しているようですね。不動会長、あなたに代替わりしてから、このあたりの治安は悪化する一方で……」

とたんに、不動が笑い声を上げたことで、貴志の言葉の終わりはかき消えた。

「この俺を脅《おど》すのか。情報欲しさに単身乗り込んできた度胸は認めよう。だが、その程度で俺がなにか話すと思うか？　貴志と言ったな。この世界の絶対原則は等価交換だ。俺から話を聞き出したいなら――そうだな、とりあえず一度そこで脱げ」

「な……なにを……」

「武器になりそうなものを隠し持ってないことをおまえの身体で証明しろ。ハオ、こいつのスーツを脱《ぬ》がせろ」

「はい」

それまで不動のそばに影のように控えていたハオが、再びナイフを一閃《いっせん》させて近寄ってくる。よどみない動きはよく訓練された成果というより、生まれつきの俊敏《しゅんびん》さによるところが大きい気がした。

竦《すく》む貴志の首にするっと腕が巻き付き、無理やり立ち上がらされた。

それから、ハオの右手に持ったナイフがザッと縦に下りたことで、ネクタイもシャツも無惨に引き裂かれた。

「やめろ！　武器なんか持ってない！」

「わめくな」

思わぬ力でハオがぐっと頭を摑んでくる。

スラックスのベルトをナイフで抉《えぐ》り上げるハオが不動のほうを向き、「こっちもですか」と言う。無機質な声は、不動の命令しか聞き入れない。

「少し見える程度に切れ」

「はい」

「……う、ぁ、――つぅ、……っ……！」

ひんやりした刃が皮膚をかすめ、スラックスの前を切り裂いていく。

なにをされるのかまったくわからない。背後からハオに髪を摑まれて、ズタズタに服を切り裂かれていく屈辱《くつじょく》に、貴志は身体をくの字に曲げて呻《うめ》いた。

「みっともないザマだな」

すぐそばで聞こえた声にハッと顔を上げると、目の前に不動が仁王立ちしている。

傲然《ごうぜん》とした態度に似合う不敵な笑みを浮かべ、貴志の髪を摑み上げてきた。

「……ぅ……っ！」

辱《はずかし》められるのか、殺されるのか、一寸先は闇だ。

だが、そう簡単に許しを請《こ》うのは嫌だ。

意地をかき集めてぎらりと狙い澄ますと、不動はますますおもしろそうに笑う。

「いい顔だ。……そそる目だな。おまえに手を出したがる男は結構いるだろう」

「いない、――そんな、……奴はいない……！」

「そうか。まあいい。俺から情報を引き出したいなら、おまえの心臓をよこせ」

「死ね、ということか？」

「そうだ。俺の話を聞きながらおまえは死ぬ。生きたままハオに心臓を抉り出させる」

「極端だ、そんなのは取引じゃない」

「そうか。俺から話を聞いたうえに、生きて帰りたいか？　だったら、もう少し違う方法を取ろう。死ぬのが嫌なら、俺に忠誠《ちゅうせい》を誓わせてやる。貴志、おまえのくだらない正義感や常識を殺してやる」

傲然《ごうぜん》と立つ不動がスラックスの前をゆるめ、極太の肉棒を取り出す衝撃に気を失いそうだ。半勃《はんだ》ちの状態でも並々ならぬ大きさであることは見ればわかる。

赤黒くてらつく亀頭が大きく張り出したそれを強引に頬《ほお》に擦《こす》り付けられ、熱い肉の感触に全身がカッと火照《ほて》った。

「――俺のものを咥《くわ》えろ。美味そうに舐《な》めてしゃぶることができたら、おまえが欲しい情報をくれてやる」

逃げたくても、背後に回ったハオが喉元にナイフを当てているから、身じろぎすることもできない。

「舐めろと言っているんだ。そのあとおまえを犯してやる」

「嫌だ！　こんなのは取引じゃないだろう！」

「枕営業のひとつもできないのか。フッ、バカな男だな。ハオ、こいつが舐めやすいようにおまえが先に大きくさせろ」

「お望みのままに」

貴志を無理やり跪《ひざまず》かせたハオがすぐそばに膝をつく。貴志の喉元にあてがったナイフの柄を握る力をゆるめず、眼前に突き出された不動の男根に舌を巻き付ける。

美貌《びぼう》の男のくちびるから真っ赤な舌が蛇《へび》のようにくねり出し、同じ男の性器を愛撫《あいぶ》するのを間近に見てしまい、どくどくと心臓が駆け出す。

「ンぅ、……ふ……っ……ん……ッ……」

ちゅく、くちゅりと唾液《だえき》を絡ませて奉仕《ほうし》するハオの頭を鷲摑《わしづか》みにした不動が、ゆるく腰を突き動かす。

「ふ……ぅ……っ……」

逞《たくま》しく育っていく不動の肉棒で喉奥を突かれているらしく、ハオは苦しげな息遣いだが、瞳は欲情に霞《かす》んでいる。

じゅぽじゅぽと音を響かせて唾液を顎に伝わせながら、美味そうに不動のものを舐めしゃぶるハオにとって、こうした行為は日常的なものなのだろう。

怜悧《れいり》な美貌が男のものを咥え込んで歪《ゆが》む淫《みだ》らな光景は、夢にまで見そうだ。

不動が腰を引くとハオが「っあ……」と物欲しげに声を掠《かす》れさせる。

びくっと勃ちきった肉竿には、白い真珠《しんじゅ》がいくつも埋《う》め込まれていた。

充血しきった太い肉棒をグロテスクに彩る真珠が、ハオの唾液で淫猥《いんわい》にぬめり輝いている。

「こういうものを見るのは初めてか？」

可笑しそうな声に、貴志は茫然としたままだった。

ハオが丁寧に舐めて勃たせた男根は凶悪なまでに反《そ》り返《かえ》り、トロッとした滴《しずく》を先端から垂《た》らしている。

「昔のヤクザはよくやっていたことだ。麻酔《ますい》なんかせずに、ひとつひとつ、メスで切り開いて埋め込んでいく。痛みは相当のものだ。それに耐《た》えられなくて、最近の奴はほとんどやらない。チンケなブツをなんとかしたいって思惑《おもわく》もあるらしいが、俺はそうじゃない。見ればわかるだろう？　わかったら、今度はおまえがしゃぶれ」

「……ん、ぐ……ッ……ぅ……！」

否応《いやおう》なしに濡れた男根を口腔《こうこう》奥まで突き込まれた。

ハオの唾液と、不動自身の先走りでどろどろになった肉棒の感触と味に咳《せき》込みそうだったが、「しゃぶるんだ。言うとおりにしないと殺す」と言われ、怒りで意識を熱くさせながら、ぎこちなく舌を巻き付けた。

肩越しにちらちら見えるハオの目には、欲情と嫉妬《しっと》がない交ぜに揺れている。

——男のものを舐めさせられるなんて、あり得ない。リョウ以外の男にもこんなことを強《し》いられるなんて、死んだほうがマシなんじゃないのか。しかもハオという第三者がそばにいる前で、こんなことをさせられるなんて。間仕切りの向こうにだって、構成員がいるのに。

生々しく突っ張る皮膚《ひふ》を舐めるのも嫌だったが、そこに埋め込まれている真珠の丸みが奇妙で、かすかな肉の引きつれを舌で確かめるたびにびりびりと神経がささくれた。

口淫《こういん》に慣れていない。慣れようとも思っていないから、舌をどう動かせばいいかなんてまったく思い浮かばなかった。

人形のように無理やり口を開かせ、突き込むだけでは不動もつまらないようだ。

「男をそそる顔のくせに、慣れてないな。へたくそすぎて、これじゃいつまでもイけない。ハオ、こいつを先にイかせてやれ」

「こいつのものを、舐めるんですか？」

今まですべて、不動の命令に「はい」と即答してきたハオが、初めて不快そうな反応を露骨に示した。

だが、不動は「やるんだ」と一喝した。

「……わかりました」

ハオが股間に顔を埋め、貴志のものを握り締めてくる。

「ん、ぁ、や、……いや、っだ……ぁ、ぁ………！」

金色の毛先が肌に触れる感触すら厭《いと》わしいのに、熟練《じゅくれん》した指先と舌遣いであっという間に昂ぶらされるのが、自分でも信じられなかった。

だけど、同じ昂ぶりにしても、リョウとはまるでやり方が違う。

ハオは不動に命じられたことを実行しているだけで、機械的にさっさと追い詰めてくる。

その点、リョウは貴志の反応を確かめながら、時間をかけて身体を開いてきた。

──今、そんなことを考えている場合じゃないのに。俺は男に身体を売ってまで情報が欲しいわけじゃない。ただ、真実を知りたいだけだ。でも、中心点に向かおうとすると、リョウが阻む。執拗《しつよう》に、血に飢えた獣《けもの》みたいに俺を貪《むさぼ》って、互いの持つ空気も体液もなにもかもドロドロに混ぜて、俺に強く食い込んでくる。

意識が逸《そ》れたのを不動が気づき、貴志の髪を強く摑んで真珠入りの肉棒をぐぐっとねじり挿《い》れてきた。

「べつのことを考えている顔だな。ハオ、さっさとやれ」

「く……う……っ」

ハオのなめらかな舌で亀頭をくるみ込まれ、輪っかにした指が何度も下から上に向かって動く。そこに執心《しゅうしん》は欠片《かけら》も見当たらない。

「……さっさとイけよ、屑野郎《くずやろう》」

ハオがぼそりと呟《つぶや》くや否や、ペニスの先端をきつく吸い上げてきたことで、もう我慢できなかった。

「ん、んふ……っ！」

不動のものを咥えながら、貴志はたまらずに射精《しゃせい》した。

ハオがすぐさま身を離したせいで、どっと噴《ふ》きこぼれる精液は貴志自身の肌を濡らし、床にまで跳《は》ね飛ぶ。

想像を超えた痴態に、不動がくっと肩を揺らして笑い声を上げた。

「簡単だな。その調子で俺をイかせろ」

「……誰が……！」

達した直後で意識が朦朧《もうろう》としていたが、崖《がけ》っぷちで踏み留まっていた理性を必死に覚醒《かくせい》させ、咥え込まされていた不動のものに思いきり歯を突き立てた。

「つ……ッ、くそっ！　貴様！」

突然の痛みに呻いた不動が腰を引き、憎悪《ぞうお》を剝き出しに貴志を睨み据えてくる。

「誰が……、おまえの、……言いなりになんか、なるか……」

こんなことぐらいしかできなかったが、一矢報《いっしむく》いてやった。

即座に、殺気を隠さないハオの持つナイフが喉に食い込んでくる。

――俺はここで死ぬのか。

立て続けに食らった衝撃《しょうげき》で、もう指一本動かない。反論すらできない。

だが、絶対に屈しないという意地を宿した目で不動を見ると、息を切らしていた彼も獰猛な視線を絡めてくる。

「死ね」と言う形に不動のくちびるが動きかけたが、深呼吸した男は額《ひたい》に滲む汗を手で拭《ぬぐ》う。

そのまま勃起《ぼっき》した竿《さお》を不動は自ら激しく扱《しご》いた。先端の割れ目が淫《みだ》らに膨《ふく》れて開く。

驚愕《きょうがく》する貴志の眼前に肉棒を突きつけ、不動は腰を軽く弾《はず》ませてドクンと大量の精液を浴びせかけてきた。

「……あ……っ……」

「貴志の頭をしっかり押さえてろ。こいつの顔も身体も俺のもので濡らしてやる」

「――はい」

悔しげにぎりっと奥歯を噛み締めるハオが貴志の口が自然と開くように、後頭部を摑んでのけぞらせた。

不動の精液《せいえき》が、髪や顔、当然眼鏡《めがね》も汚し、裂かれたスーツを、肌を濡らしていく。

大人の男の生々《なまなま》しい精液を全身に浴びせられる屈辱に舌を噛み切りたかったが、自分から挑《いど》んだ勝負だ。

負けたくない、絶対に退かない。

その一心で、意識を手放すまいと必死だった。

「はぁ……ぁ……ッは……っぁ……」

どろりとした不動の一滴が口の中にまで飛び散り、知らずと流れていた熱く塩辛《しおから》い涙と一緒に飲み込んだ。

「まさか、俺のものに噛みつく男がいるとはな……」

達したことで少し気が治まったのか、不動はハオに後始末させ、身繕《みづくろ》いを整える。

「ハオ、こいつも着替えさせてやれ。それと室内の空気を入れ換えろ」

「わかりました」

感情を殺したハオが、ぐったりした貴志から汚れた衣服を剝ぎ取り、濡れたタオルで清める。窓を開けて外の空気を入れ、紫檀の机の横にある棚《たな》を開き、シャツとスラックス、下着などを取り出し、貴志に投げつけてきた。

「着ろ」

冷たいハオの声になかなか動けなかったが、狂《くる》ったような時間が過ぎ去ったことは、ソファに悠然《ゆうぜん》と座った不動の様子でわかった。

のろのろと重い身体を起こし、清潔《せいけつ》な服に身を包んだところでソファにずり上がるのを待っていたかのように、不動が煙草をくわえる。

従順な顔を取り戻したハオが灯す火にくちびるを近付け、ふっと煙を吐き出すのを、貴志はぼんやりと見ていた。

「おもしろい男だ。新聞記者なんてやめろ。俺に従えばもっといいものを見せてやる」

「……断ります。俺は、そいつみたいな犬じゃない」

ハオが鋭い一瞥《いちべつ》を投げてきたことも構わず、貴志は、「水をください」と言った。

口元をゆるめた不動がハオに命じ、冷えたミネラルウォーターを出してくれた。

それをひと息に飲み干し、口の中に残る男の味をなんとか消し去った。

ひとまず恐怖感は去った。

屈辱感はいつまでも残るだろう。

だが、ここに乗り込む前にはなかった、冷徹《れいてつ》なふてぶてしさが胸の中に生まれていた。

それが顔に出ていたのかもしれない。不動が笑い、煙草を深々と吸い込む。

「なかなかの掘り出し物だな、おまえは。俺のものに歯を突き立てて、ハオを犬呼ばわりする。だったらおまえはなんだ、偽善者ぶったハゲタカか？　人の暗部に手を突っ込んでかき回すのが、おまえら屑なマスコミのやることだ」

「違法ドラッグや銃《じゅう》を流して、精神の脆い人間を溺《おぼ》れさせるあなたと、たいして違わないんじゃないですか」

「ははっ。ハオ、こいつみたいな男を拷問《ごうもん》にかけられればおまえも楽しかっただろうよ」

「ご命令があれば今すぐにでも嬲《なぶ》り殺しますが」

「もう少し様子見をしてもいいだろう。貴志、おまえみたいなバカは最近じゃめったに見かけない。いいだろう、……働かせてやるとするか」

ひどく楽しそうに言う不動が、吸い尽くした煙草をポンと灰皿に放り投げた。

「話をしてやる。おまえのバカバカしさに免じて、篠原家に関わる俺たちの役目を教えてやる」

「会長、それは……」

ハオが不安そうに声を漏らすが、「構わん」と不動はあっさりはねつけた。

「これは、海棲会の中でも俺とハオの他に知る者はいない、極秘中の極秘事項だ。俺はこの役目を先代の親父から譲《ゆず》り受けた。親父は篠原警視と会ったことがないが、俺は直接顔を合わせて話の真偽《しんぎ》を確かめた。この目と耳で確かめたことしか信じないのが俺のルールだ」

「篠原警視から、なにを訊《き》いたんですか」

「篠原に一卵性双生児《いちらんせいそうせいじ》の兄がいるという事実だ。篠原家が全力で守り抜いているトップシークレットだ。なんせ、人殺しをしている奴だからな」

「篠原さんが、双子……、お兄さんが、人殺しを？」

にわかには信じがたい話に、頭が空回りしてしまう。

「そんな話は聞いたことがない……」

「そりゃそうだろう。竜司《りゅうじ》が――篠原亮司《しのはらりょうじ》の兄が、最初の人殺しをしたのはまだ十四歳の頃の話だからな。篠原家が雇《やと》っていた若いメイドを邸内で犯したうえにめった刺しにしているところを家族に見つかって以来、竜司は隠された。当時はまだ、篠原の祖父が民心党で勢力を誇《ほこ》っていた頃だからな。家族内から犯罪者《はんざいしゃ》を出すわけにはいかないだろう？　それも未成年の残虐《ざんぎゃく》な殺人なんて、名家の篠原家にとっちゃ悪夢もいいところだ」

「……お兄さんは竜司という名前なんですか」

りゅうじ、という響きは、リョウにとてもよく似ていることに内心、愕然《がくぜん》とした。

「彼らは一卵性の双子だから、家族以外はほとんど見分けがつかない。うり二つだ」

「あなたは竜司さんに会ったことがあるんですか」

「一度だけ、監視《かんし》カメラ越しに見ている。さっきも言ったように、俺はこの目と耳で確かめたものしか信じない。先代から引き継いだ仕事として、竜司の監視は重要案件のひとつだ。代替わりしてすぐに、俺は篠原家に面会を申し出て、鉄格子《てつごうし》のはまった部屋に匿《かくま》われた竜司を確認した。この間、あそこで医者と助手が殺されただろう。あれは竜司の仕業で、今も奴は逃走中だ。篠原警視が必死に追ってるがまだ見つからない」

「竜司さんは、専門の病院に入らなかったんですか」

「そんなことをしたら家名が汚《けが》れる。犯罪者も精神病者も出さないのが篠原家の掟《おきて》だ。竜司はあの広い屋敷の一角にある地下室で十六年間過ごしてきたんだ」

「なんてことなんだ……」

皮肉《ひにく》っぽく笑う不動に、貴志は頭を抱えた。

脳裏に浮かんでくるのは、理知的な眼鏡をかけた篠原と、うり二つと言われる兄の竜司と、リョウだ。

――リョウは、竜司なのか？　篠原さんの兄さんなのか？　見分けがつかないというのも、双子だというなら納得がいく。

篠原の追っ手をうまく逃れている竜司が、事件の真相を暴こうとするこの自分を犯し、今もまだどこかをさまよっているのか。

篠原が躍起《やっき》になって事件をねじ伏せようとしている理由は、これでわかった。

古くから政界と強い結びつきがあるあの家から未成年の犯罪者が出たとわかったら、マスコミは大騒ぎし、家名もなにもかも汚れ、篠原の存在自体もかき消えていたかもしれない。

双子の兄、竜司が十四歳の時に最初の罪《つみ》を犯してから十六年間ずっと、篠原の一家は重苦しい秘密を守り抜いてきたというのか。

一般人にはまるで想像がつかないが、十六年前と言えば確かに篠原の祖父がまだ政界で辣腕《らつわん》をふるっていた頃だ。

篠原と同じく十四歳だった貴志も、『民心党の重鎮《じゅうちん》であるナンバーツー、篠原幸司《しのはらこうじ》』というフレーズをテレビニュースや雑誌でよく見かけた記憶がある。

篠原の父親にあたる人も政界に入ったが、影が薄く、今もたぶん民心党にいることはいるだろうが、権力はほとんど持っていないに等しい。

篠原幸司は、孫にあたる双子の竜司と亮司に大きな期待を寄せたはずだ。

その片割れが十四歳で殺人を犯してしまったことで、消せない汚点がついた。

身内から犯罪者を出せば、篠原家は終わると判断し、竜司を病院に預けることも諦《あきら》め、広大な屋敷内のどこかに匿《かくま》っていた——不動の話をまとめれば、そういうことになる。

途方もない展開にため息しか出なかった。

「十六年も隠れて暮らすことが可能なのか……」

「普通は無理だ。だが、俺たち海棲会が手を貸してきたことで、竜司は残忍《ざんにん》な性欲と衝動《しょうどう》をなんとか抑え込むことができた。俺たちは定期的に、竜司に薬と女をあてがってきたんだ」

「そんな……」

「嘘《うそ》だろ、って言いたそうな顔だな。残念ながら本当の話だ。篠原警視自身、このことを知っていたからな。俺が直接会って、聞いたから確かだ。定期的な健康チェックと完全な薬物中毒にならないよう、密かに出入りしていた専門医と助手を、竜司は殺したんだ」

「どうして？」

「そこまでは知らん。篠原警視もそこまではわからないらしい。あいつは二十歳の頃から実家を離れて暮らしていたんだ。まあ、十六年も診《み》てれば専門医のほうも油断が生まれたんじゃないのか。その隙《すき》を突いて、竜司が二人を殺して逃げ出した。薬漬《くすりづ》けになっていても、竜司のほうが医者より冴《さ》えてたってことかもな」

旨そうに煙草を吸い終えた不動へ、そばに立つハオがそっと新しい煙草と火を差し出す。

目に映る景色も、今耳にしたばかりの話も、全部、幻《まぼろし》に思える。

だが、不動はハッキリと「本当の話だ」と言った。

それでも、まだいくつか謎が残る。

――リョウが竜司だとしたら、なぜ、危険を冒《おか》してまで都内に残っているんだろう。十四歳のときと今回と、合計三人も殺していて、実弟である篠原さんが追っているとなったら、普通は遠くへ逃げるはずだ。なぜ、リョウは――竜司は東京都内をうろついているんだ？

「まさか……」

嫌な予感に思わず口を手で覆《おお》った。

――まさか、竜司は、次に篠原さんを殺そうとしているのか？　だから、あえて都心に潜んでいるのか？

「どうした？　さっきより顔色が悪いじゃないか」

ニヤニヤ笑う不動に、「――なんでもない」と言い、ふらつく身体でなんとか立ち上がった。

「あなたが知っている話は他にないのか」

「ない」

「本当か？　竜司をどこかに匿っているんじゃないだろうな」

「貴様、会長に向かってその言葉遣いは……」

敵意を剝き出しにするハオを「やめろ」と押し止め、不動は煙草をくわえたまま頭を振った。

「なにがあっても竜司をあの家から出さない。それが篠原家と先代が交わした約束だ。竜司が万が一にでも逃げ出した場合、俺たちは、警察とはべつのルートを使って奴を捜すことになっている。今、まさに捜索中《そうさくちゅう》だ。まだ見つかってないがな」

そこで言葉を切り、不動は息を吐いた。

「――竜司は、恐ろしくタフで頭の切れる奴だ。十六年間幽閉《ゆうへい》されていたにもかかわらず、奴は身体能力を落とさないようにあらゆるトレーニングを続けていた。知力も、弟の警視に劣《おと》らない。学校には行かなかったが、暇潰《ひまつぶ》しに多くの書物が竜司には与えられた。彼が持つ残虐性を高めないように本の中身もかなり選別したと聞いているが、竜司の妄想《もうそう》は衰《おとろ》えなかったんだろう。奴は死ぬまであの部屋に閉じ込めておくか、医者が薬の調合を故意に間違えて早めに殺しておくべきだった。あいつだけは世に放っていい存在じゃない」

凶悪な暴力団の頂点に立つ不動が顔をしかめてこれほどまでに言うなら、竜司は想像を遥かに超えた危険人物のようだ。

「監視カメラ越しに見ただけなのに、そこまで言い切れるのか？」

「俺は篠原家に面会を申し出た日、丸一日、奴の行動を見張ったんだ。長年閉じ込められている人間とは思えないほどの落ち着きぶり、規則正しい食事、運動をこなして、あとはすべて本を読んでいた。週に三度、俺たちは毎回違う女をあてがってやったが、毎回どの女も失神した状態で返された。そのうちの半分は極秘に入院させなければいけなかったほどだ。竜司の征服《せいふく》欲《よく》は正気の沙汰じゃない。いつかまた、あいつの衝動が暴発するかもしれないと思っていたが……まさか、二人も殺すとはな」

不動が苦笑混じりに漏らすため息が、事態の重みを増していくようだった。

「俺が持っている情報は、今のところこれで全部だ。貴志、話を聞いたおまえもこれで共犯だ」

「共犯？　なんのことを言ってるんだ」

「俺たちが警察ルートとはべつに竜司を追っていることはわかっただろう。篠原は曲がりなりにも警視という肩書きで、あいつなりの立場があるし、他にも事件を多く抱えている。これだけに専念したくても、できない。そこで俺とハオ、あと詳細を詳しく知らせてない部下が数人捜索《そうさく》にあたっているんだが、狡猾《こうかつ》な竜司の居場所はまだわからない」

「俺になにをさせようと言うんだ」

「このあたり、俺たちのシマを勝手に動いても構わない権利を与えよう。おまえが竜司についてあちこち聞き回っても、危害が加わらないよう伝達しておく」

「それは助かるな。でも、タダで俺の安全を保障してくれるわけじゃないんだろう？」

「当然だ」

「等価交換が絶対原則、だもんな」

「飲み込みが早くて助かる。貴志、おまえの度胸と頭の良さはまったく魅力的《みりょくてき》だな。俺についてくる気は本当にないか？」

「絶対にない」

「そうか。まあ今のところはそれで許してやろう」

可笑しそうに肩を揺らす不動が、鋭い目元に淫靡《いんび》な光を浮かべながら挑《いど》んでくる。

つい先ほど、己のものを貴志の口の中で強引に果てさせようとした卑猥《ひわい》さを思い出し、ぞくりと背筋が寒くなる。

「どうして俺がこの若さで海棲会のトップに立てたと思う？　人並み以上の実行力と諦めの悪

さがあったからだ。そう簡単に俺がおまえを諦めると思うなよ。行け、貴志。竜司についてなにか情報を摑んだら、真っ先に俺に連絡をよこせ。ハオ、念のためにおまえの携帯番号も教えておけ」

「……はい、会長。貴志を玄関まで送っていきます」

無表情を貫《つらぬ》くハオが、廊下に出るなり名刺を押しつけてくる。

「俺の携帯番号だ。会長と俺が欲しいのは竜司の情報だけだ。それ以外のことで連絡はするな。時間の無駄だ」

白い名刺は、「浩」という文字の下に携帯番号が記されただけの素っ気ないものだ。

──そうか。ハオというのは、『浩』と書くのか。

彼らのような立場の人間が、いちいち組名や肩書きを記した名刺を持っているとは思っていなかったが、あまりに寒々しい紙切れについ訊ねてしまった。

「名前は？」

「……名前？」

訝《いぶか》しげにハオが眉をひそめる。

「ハオというのは名字なんだろう。名前は、なんていうんだ」

「どうしておまえにそんなことを教えなきゃいけないんだ」

「知りたいから、というのじゃ駄目か」

「おまえは俺の同胞《どうほう》でもなんでもない」

「そうだけど、……この先、なにかあったらおまえに連絡するんだろう。ハオ、と呼び捨てにしていいのか」

「べつにいい。会長の命令だ。それともなにか？　さっきの俺の口淫が気に入ったか？　またしてほしいなら、今度こそ喉をかっさばきながらイかせてやる」

「違う！　あれは……、あれは仕方なく……」

声に詰まった貴志に、ハオが鼻で笑う。

薄暗い廊下を歩く足取りがのろくなってしまう。

冷たく整った横顔に、ほんの少し前、彼の口で無理やりイかされた場面を重ね合わせてしまい、恥辱《ちじょく》に頬が熱くなる。

ハオは熱心に不動のものを愛撫《あいぶ》していた。

あんな行為よりもっと深い繋がりを持っている者同士だけが持つ、濃く爛《ただ》れた空気に、あのときの貴志は圧倒されっぱなしだった。

すぐれたナイフの腕前を買われたとともに、ハオは不動の情夫でもあるのだろうか。

「おまえは、不動の右腕で……愛人なのか？」

エレベーターに乗ると同時に問いかけたとたん、ハオが端整《たんせい》な顔をぐしゃりと歪め、激怒を湛《たた》えた視線で射竦《いすく》めてきた。

どんな人物を前にしても怖じけない不動を悠々とした虎《とら》とたとえるなら、ハオは獰猛な爪を隠し持った鷹《たか》だ。

若々しい男の鋭い素顔をかいま見て声を失う貴志に、エレベーターの扉を閉めたものの一階のボタンを押さずに、ハオが訊く。

「俺が愛人か。どうしてそう思う？」

空中停止した密室で話をしようということらしい。

「……だって、おまえは不動の言葉に従順だったじゃないか。同じ男なのに、あんなことをして……」

「あんなこと？　性的奉仕のことを言ってるのか。ふふっ、育ちのいい日本人らしい言葉だな。──俺は、女優の母から生まれたんだ。この顔も母親似だ。名前は、リーミン。麗《うるわ》しい明かり、と書く。台湾の男にしては珍しいと言われる名前だが、誰よりも美しくて優しい母の名前から一文字譲り受けたから気に入っている。この名前を呼んでいいのは、俺の母と、会長だけだ。俺にとって会長は恩人だ。とある事件で台湾にいられなくなった十代の俺を日本に呼び寄せてくれて、いままでずっとそばに置いてくれた。ナイフの使い方も、男や女をあしらう術もすべてあの人に教わった」

それまでぶつ切りの言葉しか語らなかったハオがひと息に喋り、不敵に笑う。

それから、手の甲で口元を隠す。長い人差し指と中指を開いて、貴志だけに見えるように、官能的なくちびるを動かした。

「キル・ユー」

声にはならない、空気を震わせるだけの綺麗な英語にぎょっと目を瞠《みは》った。

監視カメラもマイクも拾えない、密やかな囁きだ。

ハオが微笑を浮かべながら一階のボタンを押し、エレベーターはゆっくりと降下していく。

「俺、を……？」

危うい彩りを目端に浮かべたハオが静かに首を振る。

こんな艶《なま》めかしい目を食らったら、どんな男でも女でもまともじゃいられないはずだ。

「まさか……」

物騒な言葉が自分に向けられたものではないとしたら、ハオの思惑はどこにあるのか。『女優の母から生まれた』とわざわざ前置きしたハオと不動の間には、もっと深い事情があるのだと直感が囁く。

渦巻く疑問を口にする前に、頭上から軽やかな音が降ってくる。一階に着いたのだ。

「下りろ」

そう言うハオは、もういつもどおりの無表情だった。

マンションの玄関のドアを開け、貴志の背中を押しながらハオが言った。

「竜司のことを摑んだら、時間はいつでも構わない、すぐに連絡しろ」

「ハオ……」

呼びかけたけれど、無言のハオは背中を向けてドアを閉じた。


篠原には、竜司という双子の兄がいる。

そのことを真っ先に伝えなければいけない相手は、どう考えても篠原本人しかいない。

いったん自宅に戻って熱いシャワーを浴び、不動やハオの匂《にお》いを消すために時間をかけて身体中を洗った。

ボディシャンプーのヘッドボタンを何度も押し、泡《あわ》だらけの肌を自分の指がかすめる感触さえ厭わしくて、タオルでごしごしと強く擦った。

――洗えば綺麗になるはずだ。痕跡《こんせき》はなくなるはずだ。でも、踏みしだかれた悔しさだけは死ぬまで消えない。

「……くそ……！」

ひとり唸《うな》り、貴志はバスルームの壁を殴りつけた。

自然と涙があふれ出し、頭から被る水滴と一緒に流れ落ちていく。

秘密を追っていく中で、リョウ、そして不動、ハオと次々に男に嬲られたせいで、今まで知らなかった疼《うず》きを身体の奥底に宿されてしまった。

一番最初に、一番深くまで侵入してきたリョウの熱っぽく執拗《しつよう》なやり方は、今も記憶に鮮やかだ。

「忘れろ……忘れるんだ！　あんなことはもう……絶対に……二度と起こらないんだ……」

息を荒らげてひとしきり泣くことを、今だけは自分に許してやりたい。

ありとあらゆる言葉でリョウたちを罵倒《ばとう》し、涙を流しきったところで、ようやく身体の震えが止まった。

タオルで頭を乱暴に拭いながら、清潔な衣服に着替え、不動に渡された着替えはゴミ袋に突っ込んだ。

蒸《む》し暑《あつ》いが、自分の気を引き締めるためにもネクタイをしっかりと結び、気に入りの紺《こん》のジャケットに袖を通しながら篠原の携帯に電話をかけてみた。

『――篠原です』

「貴志です。今から会えませんか。大事な話があります」

『私は忙しい。どれぐらい重要か、手短に』

「竜司について話し合いたい」

言うなり、電話の向こうがしんと静まり返る。

――当たりを引いた。今度こそ、絶対に逃さない。

ついに、問題の中心点に触れたのだと胸が昂ぶった。

「篠原さん？」

『……電話で話す内容じゃない。今、車で移動中です。十五分後にはあなたのマンションに向かいます。話は車中で』

「俺の住所がわかるんですか」

そう言うと、苦々しい笑い声が返ってきた。

『私の立場で、あなたについて知らないことがあるとでも？　とにかく十五分後に』

「わかりました。外に出て待っています」

電話を切り、弾む胸を押さえながら鏡《かがみ》を見た。

わずかに目元が赤いが、瞼《まぶた》が腫れていないことを確認し、ふと思い出して、ハオからもらった名刺をジャケットの内ポケットにしまい、部屋を出た。

不動に与えられた服が詰まったゴミ袋をマンションのゴミ集積所に入れ、暮れていく都心の空を仰ぎ見ていると、クラクションを短く鳴らしながら黒のベンツが近付いてきた。

運転席の窓がするすると下り、篠原の顔が見えたので、貴志も足早に近付いて助手席の扉を開けて乗り込んだ。

すぐに車は発進し、月島にある貴志のマンションを離れていく。

車は首都高速道路に乗り、ネオンが夕暮れの空を彩り始めるお台場方面へと向かう。

「いったい、あなたは誰と接触してるんだ」

陰鬱《いんうつ》そうな顔の篠原がゆるくハンドルを切る。

「関わるなと何度も言っているのに、どうしてこうもしつこく追ってくるんですか」

「人が殺されているという重大な事実を、あなたがもみ消そうとしているからです。殺されたのはこの間の医者と助手だけじゃない」

「どういうことだ」

「あなたの家では二度殺人が起きている。この間の医者殺しは二度目だ。一度目は十六年前」

ハンドルを握る篠原がぎくりと顔を強張らせた。

「あなたの家で一人、女性が殺されている。篠原さん、あなたの実家で、双子のお兄さんである竜司さんがメイドに乱暴をしてめった刺しに……」

「それ以上言うな！」

バンッと拳骨《げんこつ》でハンドルを強く叩いた篠原の叫びに、貴志は身を竦ませた。

逆鱗《げきりん》に触れたらしい。

見慣れた高慢《こうまん》さが、今日の篠原にはまったくない。

「……もう、それ以上、言うな……」

唸る篠原が、辰巳《たつみ》パーキングエリアに車を入れた。

遅い時間帯になると、愛車を自慢する輩で混雑する場所だが、夕方の今は空《す》いている。

全力で守り抜いてきたはずの秘密を次々に貴志に暴露《ばくろ》されたせいで、ショックを受けているのだろう。額に汗を浮かべ、ぐったりした様子でシートに身を預けている篠原に、さすがに胸が痛んだ。

貴志は車を降り、缶入りのアイスコーヒーを二つ買って戻った。

「どうぞ」

冷たい缶を差し出すと、篠原はしばしためらっていたものの、無言で受け取った。

「……竜司のことをどこで知ったんだ」

「海棲会の不動会長から直接聞きました」

「証拠は？」

ハオからもらった名刺を内ポケットから取り出して見せると、篠原が観念したようなため息をついた。

海棲会の不動と接触しているなら、彼も、側近のハオの存在を知っていて当然だ。

「お兄さんの竜司さんが逃走中だそうですね。竜司さんの次の狙いはあなただと俺は思います」

「あなたは……私の忠告を聞かないのか」

篠原が眼鏡越しに睨み据えてくる。

「いったい、誰が、海棲会と私との繋がりを教えたんだ」

「それは言えません。現時点では、まだ。篠原さん、あなたには隠し事が多すぎる」

「私は、この件では誰とも取引するつもりはない」

「だったら、俺もネタ元を明かすことはできません。不動会長も竜司さんを追っていると聞きました。俺は、あなたとも、海棲会とも違うルートを使って、竜司さんを追います」

「やめろ。そんなことをしたらあなたは間違いなく死ぬぞ。ここから先の一線を踏み越えたら、もう私も、警察も、あなたを守りきれない」

切実な声に胸を衝《つ》かれ、髪をかき乱す篠原を見つめた。

――この人は、この人なりに事態の深刻さを把握《はあく》していて、俺を守ろうと少しでも考えていてくれたのか？

権力を振りかざして家名を守ることのみに奔走《ほんそう》しているとしか思っていなかった篠原の隠された一面に、言葉がうまく出てこない。

「詮索《せんさく》するな。頼む、これ以上死人を出したくないんだ」

「……そうやって隠しとおしていくのが篠原さんにとっての正義なんですか？　そこまで苦しんでいるのに？」

「私の苦しみが赤の他人のあなたにわかるか！　何様のつもりだ？　偽善者ぶるのもいい加減にしろ！」

力任せにハンドルを叩《たた》いて激昂《げっこう》する篠原につかの間声が出なかったが、「……そうじゃありません」となんとか言った。

「俺が本当の偽善者だったら、こんな危険なヤマは踏みません。対岸《たいがん》の火事を眺《なが》めて慌《あわ》てているふりをして、自分が犠牲者じゃなくてよかったとほっとするのが偽善者のやることです」

「じゃあなんだ、名もない英雄になりたいのか？　竜司に殺されてもいいというのか？　そうなっても、誰もあなたを弔《とむら》わない。記事にもならない。死因も絶対に明かされない。貴志さんの家族にも誰にも、正しいことはなにも知らされずに終わる」

「篠原さんが片《かた》っ端《ぱし》から握り潰していくなら――そういう結末もあるかもしれない」

「バカな真似を……」

苦しげにネクタイの結び目に指を突っ込んでゆるめる篠原が眼鏡をむしり取り、しばらくうなだれていた。

不意に顔を上げ、乱れた髪の隙間から射抜いてくる視線の強さは、リョウとそっくりだ。

――やっぱり、リョウは竜司なのか。篠原さんと一卵性双生児の兄である竜司が、リョウなのか？

竜司がリョウと名乗って自分をつけ狙い、犯している事実を篠原に告げようかどうしようか激しく逡巡《しゅんじゅん》したが、結局口にする勇気はなかった。

「……本当に竜司を追うつもりなのか？」

力なく髪をかき上げる篠原が訊ねてくる。

「追います」

「死ぬ覚悟は?」

「――そのときは、そのときということで」

弟の彼だからこそ、兄である竜司の凶暴性をよくよく知っているのだろう。

そうじゃなかったら、『死ぬ覚悟は?』という言葉がさらりと出てくるはずがない。

「どうなるか、俺にもわかりません。でも、怯えて動けずに、真相から遠ざかるほうがずっと嫌だ。ここまで来たら、行き着けるところまで行きます」

篠原は遠くを見つめ、長いため息を吐いた。十六年分の重みを秘めたため息だった。

「……これ以上、竜司の被害を食らう者を出したくないのに。それでも、あなたは竜司を追うんだな。先にハッキリさせておくが、もし、竜司の手によってあなたの身になにか起きても、警察は動かない。事故として片付ける可能性が大きい」

窓枠《まどわく》にもたれて親指の爪を噛む篠原の言葉に、貴志は黙って頷いた。

――もうすでに、陵辱《りょうじょく》されているんだ。いつ殺されてもおかしくないところまで来てしまっている。

「竜司さんの足取りが摑めたわけではないので、俺自身、この先は出たとこ勝負になると思います。できるだけ慎重に動きますが、まずは十六年前の事件の裏付けを取りたい」

「十六年前の……」

篠原の眉間《みけん》の皺《しわ》がますます深くなる。

「あの事件について、篠原さんはなにか、話してくれますか？　……無理ですよね、やっぱり。だったら、唯一あの事件に関心を持っていた長山《ながやま》さんに会ってみます。篠原さんの家で殺人事件が二度起きたと証言したのは、今のところあの人だけですから」

「……そうか」

物思いに耽る篠原はハンドルの縁を叩いている。

もう一度ため息をつきながら車のエンジンを入れ、貴志に視線を投げてきた。

生来の芯《しん》の強さ、矜持《きょうじ》の高さ、品格に混じって、隠しきれない不安が渦巻く視線に、貴志も固唾《かたず》を呑んで姿勢を正した。

「警察はあなたの力にならない。絶対に、どんなことがあっても、祖父の威光《いこう》が未《いま》だ強くはびこる篠原家の名前を汚すことは避《さ》ける。だが、……なにかあったら、私には一報を入れてくれないか」

「あなたに？　篠原亮司さん……、あなたは、俺の話を聞いてくれるんですか？」

思いがけない言葉だった。

警察という組織は、貴志がどうなろうとも知らぬ顔を決め込むようだが、篠原個人はそうではないのかもしれない。

そのことが貴志の胸に小さな希望の火を灯してくれる。

――この人は、俺を見捨てるわけじゃないんだ。竜司のことが知りたいだけなのかもしれないけれど、完全に突き放されてきた今までとはなにかが違う。

篠原がわずかに迷いを残した横顔で頷いた。

「話を聞いたところでどうにかなるわけではないことは、忘れないでほしい。私も竜司を追っているが、仕事上、この件だけに時間を割くわけにはいかない。ただ、……あいつを放っておくことはできない。情報が欲しい」

「わかりました。なにかあったら、あなたに連絡します」

「話はこれで終わりだ。あなたの家まで送る」

冷静な顔を取り戻した篠原がハンドルを大きく回し、ベンツは再び車の波に飲み込まれて都心に向かっていった。


十六年前の事件は、まったくニュースになっていない。

竜司が起こした殺人事件は、篠原家が跡形もなくもみ消したのだろう。

篠原の車で自宅まで送ってもらった貴志は夕飯も食べずに自宅のパソコンから明朝新聞のデータベースに繋ぎ、十六年前に起きた事件を丹念《たんねん》に読み込んだ。

しかし、『篠原』の名前はどこにもなかった。他のニュースサーバにあたっても、同じ結果が出た。

やはり、長山に話を聞くしかない。

あの頑固《がんこ》そうな老人がそう簡単に話をしてくれるとは思えないが、当たって砕《くだ》けるまでだ。

翌日の昼過ぎに起き、身支度を調える最中にテレビをつけると、ちょうどニュースをやっていた。

『――それでは次のニュースです。昨夜八時過ぎ、港区白金台の住宅街で老人男性が犬の散歩中に何者かに切りつけられる事件が発生しました。被害者の長山久《ながやまひさし》さん、七十歳は命に別状はないものの、全治三週間の怪我《けが》を負い……』

数種類のビタミン剤を水で飲み下していた貴志は思いきり噎《む》せ、つっかえた胸をどんどんと強く叩いた。

「まさか、長山さんって……あの人か?」

誰かに確認を取りたい。すぐに同僚の浅川の顔が浮かんだ。

こういうニュースの詳細はやはり新聞社に真っ先に上がってくるものだ。

彼の携帯に電話をかけると、ざわめきが背後に聞こえる場所で浅川が応えてくれた。

『貴志か。その事件の被害者なら、確かに篠原警視の実家付近に住む老人のことだ。意識はあると聞いている』

「入院先はわかるか?」

『おまえなぁ……。いい加減に、俺の立場も考えろ』

「教えてくれ。時間がないいんだ」

『どうなってるんだ？　おまえ、まだ危ない橋を渡ってるのか？　どういう状況になっているのかぐらい言え』

「今は言えない。確証が取れてないいんだ。でも、ある程度まとまったところでちゃんと話す。約束する。頼むから長山さんの入院先を教えてくれ」

『クソッタレ、好きにしろ』

小声で罵《ののし》る浅川が、ぶっきらぼうに告げた病院名と電話番号を急いでメモパッドに書き留め、「ありがとう、いずれちゃんと話す」と言って電話を切った。

急いで自宅を飛び出し、長山が入院しているという病院へタクシーを走らせた。

事件が起きたのが昨晩十一時過ぎだ。

長山の意識がはっきりしているなら、今まさに警察が事情聴取にあたっている最中かもしれない。

——篠原警視と一騎《いっき》打ちになる恐れがある。

そうなったら、ろくな聞き取りもできずに追い出されるのがオチだ。

昨日、彼と個人的に話したが、警視の肩書きを背負って表に出てくる篠原からはほとんど話ができないと痛感している。

苛立ちと不安を交えながら港区のはずれにあるこぢんまりした病院についてみると、意外なことに静かだった。

見かけは普通の個人病院に見えるが、著名人や、事件の関係者だけが入る特別な場所だということは貴志も伝え聞いて知っていた。

マスコミ関係者は受付ではねつけられるかと思ったが、看護師に名刺を渡すと、あっさり面会が許された。

ひょっとすると、篠原か、海棲会の不動が手を回して、長山に会えるように計らってくれているのかもしれないが、今は判断がつかなかった。

「先ほど警察の方々がお帰りになったばかりです。患者さんはお年のわりに元気ですが、事件後で興奮《こうふん》していることも考えられます。あまり長時間は話さないでください」

「わかりました」

「こちらの部屋です、どうぞ」

看護師が案内してくれた二階の奥の個室をのぞき、「長山さん」と声をかけると、ベッドの背を起こして窓の外を見ていた老人が振り返った。

半袖のパジャマから見える左腕に、痛々しい白い包帯が巻かれている。

思いのほか、長山の顔色はいい。

「ニュースを見て駆けつけました。大丈夫ですか。切られたのは左腕ですか?」

「幸い、神経はやられなかったようだ。襲われたときに男と揉み合ったせいで、背中も軽く打ったが、二、三週間おとなしくしていれば大丈夫だ」

「よかった……」

心からほっとしたのがわかったのだろう。

気難しい顔をしていた長山が口元をほころばせる。

「たった一度しか会ってないのに、心配してくれたのか。すまないな」

「いいえ。俺こそなんの見舞いも持たずに押しかけてすみません。あの、犬……チロは？　大丈夫だったんですか？」

「ああ。今、警察に一時的に預かってもらっているんだが、明日明後日《あすあさって》にでもペット病院に預けられるらしい。心配なんだ。チロは私と同じで病院嫌いだからな。とは言っても、ここに連れてくるわけにもいかん」

「もし、長山さんさえよければ、俺の実家で預かりましょうか？」

「きみが？」

「ええ。小さいときに犬を飼っていたことがあるから、一通りの世話はできます。家族が毎日散歩にも連れていきますし、チロの好きな餌《えさ》を教えてくれれば、長山さんが退院される日までちゃんと責任を持って預かりますよ」

「……そうしてくれると助かるよ。あいつは警戒心《けいかいしん》が強くて、他の犬と一日一緒に過ごすだけでも怯えてしまって、食事もできないんだ」

「わかりました。じゃあ、あとで警察に行ってチロを引き取ってきます」

長山を安心させるようにしっかり頷き、「それで」と慎重に話を切り替えた。

「昨夜《ゆうべ》は、チロの散歩中に襲われたんですか。相手がどんな奴だったか覚えていますか？」

「さっきも警察に散々聞かれたんだが、なんせ不意打《ふいう》ちを食らったから、ハッキリ覚えてないんだ。男で、きみぐらいの身長だったと思う。年も、たぶんきみと同じぐらいだ。声の感じからそう思う」

「相手となにか話したんですか」

無言で襲われたとばかり思っていたので、『声の感じ』という長山の言葉には驚いた。

長山がしかめ面で頷く。

「襲われたのと同時に言われたんだ。『目障りなんだ、おまえは』と。……そこまでは警察にも話した」

「そこまで、と言うと？」

長山がなにか隠しているのだと気づき、驚いて訊いた。

長山は落ち着かない感じでまばたきを繰り返す。

それから、不意に真剣な眼差しを向けてきた。

「たとえ警察が相手でも言いたくない話がある。というのも、私自身、長いこと警察を信用していないからだ」

「長山さん……」

「きみは新聞記者だったな。警察から圧力がかかって表沙汰にならない事件があることを、私は知っている。体面や家柄を守るために、世間に報じられることがなく、犯人も捕まらなかった事件の被害者がどれだけつらい思いをするか、きみには想像できるか？」

「できます」

「なぜ即答できる」

老人の厳しい問いかけに、貴志は少し考えてから、正直に答えることにした。

ここが正念場のような気がしたのだ。

「俺自身、今回の事件……篠原家にまつわる事件を追う中で、誰にも言えない屈辱を何度か受けています。たとえ、殺されても警察は無視する——実際に、そう言い渡されています」

「殺されても……か。ハッタリで言ってるんじゃないだろうな。好奇心を満たすために事件を追って、誰かに消されるかもしれないという、バカげた英雄気取りの夢に浸《ひた》ってるんじゃないだろうな？」

「その段階はもうとっくに通り越しました。今の俺は、誰も探らなければ埋もれてしまう悲鳴を外に出すことだけを願っています。長山さんの言うように、沈黙を押しつけられる被害者の苦しみをなんとかして解き放ちたい。世間に公表されることで、被害者側は二度傷つく、という言葉があります。加害者に傷つけられ、世間にさらされて、あることないことを言われてさらに傷つく。報道は諸刃《もろは》の剣《つるぎ》だと、俺もわかっています。情報の出し方には細心の注意を払う必要がありますが、事件そのものを葬り去ることはなによりも罪深いと俺は思います」

自分に言い聞かせるようにゆっくり呟いた言葉が、長山の琴線《きんせん》に触れたらしい。

長いこと、貴志の顔を見つめていた。

「……十六年前、きみのような記者がいたら、私の孫も死なずにすんだろうに……」

「え？」

「昨日、私を襲った男は、『目障りなんだ、おまえは。昔から』と言ったんだ。十六年前、篠原家で女が殺されたことはもう知っているな？」

「はい。ですが、事件は一度も報道されませんでした」

「当然だ。事件を起こした本人が本人だからな。実際、その前にも何度か近隣の若い女性が襲われる事件が発生していた。どこの家の娘も軽傷ですんだが、運悪く夏休み中に県外から遊びに来ていた私の大学生の孫は……当時まだ十四歳になったばかりの篠原警視の双子の兄、篠原竜司に乱暴されて……それを苦にして二年後、自殺したんだ」

「長山さんの、お孫さんが……」

まさかと言わざるを得ない展開だった。

十六年前の出来事に長山が固執《こしつ》していたのは、同じ町内に住む名家の子息が犯した罪が見逃されたことに人として当然の怒りを覚えた、というだけではなかったのだ。

――彼も被害者だったんだ。竜司に人生を狂わされた一人だったんだ。

言葉を挟むのもためらわれ、貴志は長山が話し出してくれるのをじっと待った。

「……これは、私の家族と篠原家しか知らないことだ。向こうが大金を押しつけてきて、沈黙を要求してきたんだ。私も、私の息子……孫の父親も、何度も警察に届け出ようとしたが、最後には孫に止められたんだ」

「お孫さんは、なんとおっしゃったんですか……？」

「……『乱暴されたことが友だちにばれたら生きていけない』と言ったんだ。これにはどうにも抵抗できなかった。若い娘が乱暴された事実を周囲に知られたら……。どうなるか、きみにも想像できるだろう？」

「……はい」

「私たちは警察に訴えるのを諦めた。孫は事件直後から精神が不安定になって、病院を出たり入ったりしていた。とても明るい子だったのに、事件後は極度の対人恐怖症になってしまって……。ある日病院を抜け出して、近くの林の中で首を吊《つ》って死んだ」

うつむいて両手を開いたり閉じたりする長山の仕草は、癒《い》えない傷口をみずから無理にこじ開けたり、なんとか閉じようとして必死になっているようにも見えたりして、つらい。

「私の孫は、篠原竜司に二度殺されたんだ。一度目は、竜司の勝手極まりない欲望の餌食《えじき》になったことで。誰にも助けを求められず、追い詰められた私たちも事件を明るみに出せず、歪んだ。孫は心身ともに傷ついて、みずから死ぬことを選んだ。息子も嫁も離婚して、今は日本を離れている。たった一人の男によって私たち家族はバラバラに壊されたんだ。この悔しさが、きみにはわかるか？」

激怒する長山の皺が深く刻まれた目元には、涙が滲んでいた。

「わかります」

貴志も声を振り絞《しぼ》った。

「俺が受けた屈辱《くつじょく》も、一生消えません。死ぬまで誰にも言いたくない。だからこそ、落とし前はつけます。本人を捕まえて、罪を贖《あがな》わせてやる」

老いた手で目尻を乱暴に擦る長山に、貴志は決意を新たにした。

「篠原竜司を、俺は追います。篠原警視が防ごうとしても、絶対に竜司の秘密を暴いて裁《さば》きを受けさせます」

決然とした声に、長山の目尻に再び涙が溜まる。

「……頼む。本当は私がそうしたかったが、老いすぎた。この先は、きみに託《たく》したい」

長山が差し出してきた手をしっかりと掴み、貴志は、「はい」と強く頷いた。

一刻を争う事態だった。

十六年前の事件は本当にあったのだということと、その真犯人である竜司が未だ逃走中であることを絡め合わせると、いてもたってもいられなかった。

長山の病室を辞去したあと、貴志は再び自宅に戻り、パソコンを立ち上げた。

十四年前、長山の孫が自殺したというニュースが出ていないかどうか知りたかったのだ。

「……あった……」

まばたきするのも忘れるほどさまざまなデータベースをチェックすること数時間、ようやく、該当《がいとう》の記事を見つけた。

「長山恵《ながやまめぐみ》、二十二歳、群馬県の山中で首吊り自殺……、これか」

長時間モニタを見つめ続けていたことでしくしくと痛む目を眼鏡の脇《わき》から擦り、短いニュースを繰り返し読んだ。

十四年前の夏の明け方、長山恵は群馬県にあるメンタルクリニックを黙って抜け出し、自殺した。

重度の鬱病《うつびょう》にかかっていたことからも恵の自殺はある種、自然な死に方だと警察やマスコミは捉《とら》え、さほど裏を読もうともせずに事を片付けたようだ。

だが、恵を死に追いやった張本人が、政治家として名を馳《は》せていた篠原幸司の孫である篠原竜司だと、当時の幾人《いくにん》が気づいただろう。

長山一家はもちろん激しいショックを受けただろうが、竜司の弟である篠原も当然、このことを知って動揺したに違いない。

篠原竜司は極めて希《まれ》なる、危険な男だ。

生まれながらの狂人で早い頃から暴走を繰り返し、長山恵のような被害者を生んでもなお飽《あ》きたらず、実家に仕えるメイドを嬲《なぶ》り殺したのだ。

以来、白金台の一等地にある屋敷の一室に押し込められながらも、十六年もの間、なんの罪も受けずに生きながらえてきた。

そんな男が、再び世に放たれた。

今もどこかで次の獲物《えもの》を虎視眈々《こしたんたん》と狙っているのだと思うと、恐怖と興奮がない交ぜになってうなじのあたりがぞくぞくしてくる。

「……どうにかしないと」

貴志は立ち上がり、携帯電話と財布だけ持って外に出た。

あたりは宵闇《よいやみ》が覆っている。

篠原の事件を追い出してから。時間の感覚を失ってしまった気がする。

――どこに行けばいい？　誰と会えば、竜司の尻尾《しっぽ》を捕まえられるんだ？

あてどもなく電車に乗り、都心に向かった。

何度か途中下車をし、頼りになりそうな人物に電話をかけてみた。

同僚の浅川は取材に出ているようで、携帯電話は留守電に切り替わってしまう。

央剛舎の小林の携帯電話も繋がらなかった。苛立って編集部に直接電話をかけてみると、『小林はただいま会議中です』とのことだった。

悩んだ末に、篠原に電話してみたが、彼も会議中かなにかで、電源を切っているようだ。

『おかけになった電話番号は、電波の届かない場所にあるか、電源が入っていないため、かかりません』

柔《やわ》らかなアナウンスに舌打ちし、何度か繰り返しかけてみたが、駄目だった。

海棲会の不動やハオに連絡してみることも考えたが、竜司の足取りを摑んだわけではないし、暴力団の彼らを真っ先に頼るやり方は、できるだけ避《さ》けたい。

――誰も捕まらない。頼りにできない。どうしたらいい？

激動続きの中にぽかっと突然生じたエアポケットに落ちてしまったような感覚が、貴志をたまらなく不安にさせた。

都心の雑踏で、絶望的な孤独感を味わわせられるとは思っていなかった。

多くの人が周囲を行き交うのに、誰一人、見知った顔がいない。

積もり積もる胸の裡《うち》を明かせる相手はどこにも見当たらなかった。

方角も決めずに電車を乗り継ぎ、焦燥感ばかり募らせて早足で歩き続け、ふと気づいてあたりを見回した。

いつの間にか、あの薄暗い路地に来ていたことに気づいた。

——ここは、リョウに追いつかれた、最初の場所だ。

バーから離れた路地は電灯が極端に少なく、周囲もビルばかりだ。

リョウに引きずり込まれた古マンションがどこにあるか、わからない。

出口のない迷路に放り込まれたような心細さにうろたえ、細い道を行きつ戻りつした。

ここに留まっていてはいけないと思う反面、最初の衝撃が起きた場所だけにあのときの記憶が鮮《あざ》やかに蘇《よみがえ》り、——リョウ、竜司はこのあたりに潜《ひそ》んでいるんじゃないのかという思いが交《こう》錯《さく》し、鼓動《こどう》が駆け出す。

自分の影すら映らない道路の暗さに、一瞬気を取られたときだった。

背後でいきなり暴力的な熱がぶわっと膨《ふく》れ上がった。

危機を察して振り向こうとした寸前、後頭部に激しい一撃《いちげき》を食らい、貴志は声も上げられずにくたくたと倒れ込んだ。

目覚めは重苦しく、鈍い痛みをともなっていた。

「……っう……」

「ようやくお目覚めか？」

聞き覚えのある声にハッと飛び起き、貴志は痛みに呻いて両手で頭を抱えた。

それでも、ベッドの端に腰掛けて悠々と煙草をくわえる男が誰か、ということぐらいはわかった。

「おまえ……」

髪をばさばさに乱し、黒いシャツと黒いスラックスを身に着けたリョウが薄笑いを浮かべながら、こっちを見ている。

これで三度目の邂逅《かいこう》だ。

彼に会いたいとは一度も思ったことがないが、リョウがいつ、どこから姿を現すのか、貴志にはまるで想像がつかない。

「くそ……俺を、殴ったのか……」

「外で騒がれても困るからな。安心しろ。急所は外してる。痛みもそう長引くことはない」

落ち着き払ったリョウの声に苛立ちながら、あたりを見回した。

以前、連れ込まれたマンションの一室らしい。

殺風景で、ベッドと冷蔵庫しかない部屋にまたも自分は引きずり込まれたのだ。

すべてはここから始まったのだと思うと、どろりとした熱の塊《かたまり》が胃の底に生まれる。

竜司の情報を探るにしても、用心して、この周辺だけ避ければ、リョウに襲われることはなかったかもしれない。

だが、彼がなにもかもの元凶だという可能性が捨てきれないかぎり、いずれ、どんな形でもリョウとは会わなければいけなかったのだ。

「リョウ、おまえは……」

掠れた声を絞り出す貴志を、リョウが冷ややかに遮ってきた。

「俺の話が先だ。なぜ、おまえは俺の忠告を何度も無視して篠原を追い詰めるんだ。なぜ、竜司の件にまで顔を突っ込むんだ。海棲会とも渡り合うなんて、死ぬ気か」

「おまえが竜司じゃないのか？」

「そう思うか。どうして？　なにを根拠《こんきょ》にそんなことを考える？」

「どうして、って……」

過去二度にわたって、この身体を荒々しく踏みにじってきたリョウにしては冷ややかすぎる声に、貴志はとまどった。

最初も、二度目も、リョウは獣そのものの振る舞いと言葉遣いで貴志を圧倒してきた。

だが、今夜のリョウはなにかが確実に違う。

なにが違うのか、言葉にすることができない貴志を睥睨《へいげい》し、リョウがふっと笑う。

「篠原亮司はおまえに触れてきたか」

「触れてきたって、……どういう意味だ」

「俺がおまえに二度、してやったようなことだ」

「してない！　あの人とはそんなこと……」

身体の芯が火照るような怒りと恥辱に任せて叫《さけ》んでも、リョウは左の眉をはね上げるだけだ。

「そうか。だったら、――おまえに亮司のキスを教えてやる」

「篠原亮司の……？　なに言って、……っ……ん！　……っん……っ」

顎を摑まれて上向かされ、熱っぽいくちびるを押し当てられた。

軽く、くちびるの表面を優しく吸われるキスは初めてだ。

リョウを殴るために振り上げた両手もゆるく押さえ込まれた。

「……っん……は……ぁ……っ……」

逃げようとしたが、頭のうしろをそっと支えられ、貴志はどこまでも追ってくるキスに息を切らした。

いたずらっぽく舌を嚙まれて吸われると、腰が揺らめいてしまう。

自分から身体を押しつけてしまいたくなるような、自然な疼きに負けてしまいそうだ。

――篠原さんだったら、こんなキスをするんだろうか。そうかもしれない。優しくて、誠実なキスをあの人だったらするのかもしれない。でも、今、考えなきゃいけないことは違う。今、俺を抱き締めている男は誰なんだ？

　理性の片隅にこびりつく疑問にすがり、貴志は必死にもがいて甘いキスから逃れた。

　もう、なにも考えたくないと思ったのも事実だが、自分をいいように振り回して抱こうとする男の正体がわからずに快感に溺れることだけはできない。

「誰……なんだ、おまえは、誰なんだ？　竜司なのか？　篠原さんと双子の……亮司さんの兄さんなのか？」

「竜司じゃないと何度言ったらわかるんだ。俺は亮司の一部だと前にも言っただろう」

「なにを言ってるんだ？　おまえの言っていることは――」

「ここまできて、わからない、って言うのか。さすがに亮司が連日動揺するだけのことはある。俺の出番が多くなるのも納得できるしつこさだな」

　濡れたくちびるを色っぽく舐めるリョウが、髪をかき上げる。

　あらわになった鋭い目元に魅入《みい》られ、貴志は指一本動かせなかった。

「俺は、篠原亮司だ」

「……なに冗談言ってるんだ。そんなの、嘘だろ」

　愕然《がくぜん》とする貴志の前で、リョウはシャツの胸ポケットから櫛《くし》を取り出して首を傾《かし》げ、髪を綺麗に撫でつけていく。

　男らしく、それでいて艶めかしい首筋につかの間、貴志は見とれていた。

仕上げに、メタルフレームの眼鏡をかけたリョウが微笑みかけてきた。

その顔は、昨日、ベンツの中で言葉を交わした篠原警視そのものだった。

服装こそ婀娜《あだ》っぽいものの、端整な相貌も、声のトーンも、笑い方も篠原亮司のものだ。

「おまえの目の前にいる俺は、もうひとりの亮司だ」

「どういう、ことなんだ……？」

「俺は篠原亮司のペルソナ。もうひとりの亮司。双子の兄貴の竜司の暴力に立ち向かうために生まれた人格だ。――ここまで追ってきたのはおまえしかいない。俺の存在を明かすのはおまえが初めてだ。もっとわかりやすく教えてやろう。ただし、真実を知った瞬間におまえは死ぬ。何度も俺の忠告を無視してきた報《むく》いを受けろ」

「……くっ……！」

リョウの口から次々こぼれる言葉の意味を捉えようとすることに意識が傾《かたむ》いていたせいか、逃げ遅れた。

頑丈《がんじょう》な両手がするりと首に巻き付いてくる。

がっしりはまった手の輪に締め上げられていくことで、急激に視界が真っ赤に染まっていく。

「二重人格者を見るのは初めてか？　だったら、冥土《めいど》のみやげに俺の顔をしっかり焼き付けておけ。俺は、リョウで、篠原亮司だ」

「……リョウ……っ！」

名前を呼んだことで、肺に残っていた酸素をすべて残らず吐き出してしまった。

確かめたいことがもっとある。

訊きたいことが山のようにある。

けれど、リョウ、篠原亮司はそれを許してくれそうになかった。

間違いない。確かに彼は篠原警視その人だった。

しかし、それを認める力も貴志から奪われていく。

「本当のことなんて追わなければよかったんだ。おまえが暴こうとしたのは――貴志誠一、おまえがこうやって誰にも知られないところで死んでいく事実だけだ」

「……ッ……！」

ぐっとのしかかってきた篠原亮司のくちびるが重なる。

死を呼ぶ甘いキスに呼気の最後の欠片を奪われ、貴志の意識はゆっくりと、暗い場所へと沈んでいった。

Lovers Label

ダークフェイス～閉じ込められた素顔(上)～

ラヴァーズ文庫をお買い上げいただきありがとうございます。
この作品を読んでのご意見・ご感想をお聞かせください。
あて先は下記の通りです。

〒102－0072
東京都千代田区飯田橋2-7-3
(株)竹書房 ラヴァーズ文庫編集部
秀 香穂里先生係
奈良千春先生係

2011年11月1日
初版第1刷発行

●著 者
秀 香穂里 ©KAORI SHU
●イラスト
奈良千春 ©CHIHARU NARA

●発行者 牧村康正
●発行所 株式会社 竹書房
〒102－0072
東京都千代田区飯田橋2-7-3
電話 03(3264)1576(代表)
03(3234)6246(編集部)
振替 00170-2-179210
●ホームページ
http://www.takeshobo.co.jp

●印刷所 株式会社テンプリント
●本文デザイン Creative·Sano·Japan

ISBN 978-4-8124-4697-3 C 0193

ラヴァーズ文庫
Lovers Label
ディープフェイス
~閉《と》じ込《こ》められた素顔《すがお》~
下
deep face
『俺』の引き金を引いたのは、誰でもない、お前じゃないか――。
「これは禁断の果実…。二人で食べたらお互い追われる身になるぞ」。
都内で起きた不可解な殺人事件。
新聞記者の貴志《きし》誠一《せいいち》は、問題の裏側を探るべく、事件の関係者である
警視庁の篠原《しのはら》に近づくが、篠原の影には、闇に潜む凶暴な男が存在していた。
『リョウ』と名乗るその男に拉致された貴志は、そこで陵辱の限りをつくされ、
二度と篠原の事件に関わらないことを約束させられる。
しかし、残酷にも事件は新たな展開をみせ、貴志の不安を大きく揺さぶった。
事件の真相を知る人物は篠原の他にもう一人。
危険と知りながらも貴志はリョウを呼び出し…。
好評発売中!!
著 秀《しゅう》香《か》穂《お》里《り》
画 奈《な》良《ら》千《ち》春《はる》